VOTO CATIVO

CASAMENTOS MAFIOSOS LIVRO DOIS

WILLOW FOX

SLOWBURN
PUBLISHING

Voto Cativo

Casamentos Mafiosos, Livro Dois

Willow Fox

Publicado por Slow Burn Publishing

© 2022

Tradução: nicolealves25

v2

UM

PAIGE

EU DEVERIA SAIR ANTES que eu acabe assassinada.

Tudo parece errado.

O cheiro de fumaça de cigarro permanece no ar e queima minhas narinas. O papel de parede floral é um amarelo velho sujo.

Os pelos do meu braço se arrepiam.

Eu deveria me virar.

Correr.

Mas eu preciso de um emprego e a placa de madeira pendurada do lado de fora, chiando ao vento com as palavras *Agência de Babás, Cia.*, chamou meu interesse.

"Olá?" Chamo num corredor vazio.

Entro no prédio de tijolos de um andar. O lugar parece novo por fora, mas a aparência por dentro conta outra história.

Um sotaque italiano rude, masculino, me pega desprevenida quando ele vem de uma escada dos fundos.

Abruptamente, ele fecha a porta atrás de si.

"Posso ajudar?" ele pergunta. Ele olha para mim completamente, por cima e por baixo.

Ele está me cobiçando?

Nojo!

Ele não é nem um pouco atraente, com suas sobrancelhas espessas e uma cicatriz vermelha e grossa na bochecha e nos braços. Parece que Hook deixou sua marca depois de lutar com um crocodilo.

Não estou vestida de terno ou blazer, mas tenho um belo par de jeans e uma blusa. Eu não estava pensando em parar para uma entrevista, apenas uma inscrição.

"Eu vi sua placa quando eu estava dirigindo", eu digo.

Ele se aproxima e alcança o alto-falante, aumentando o volume do rádio, embora eu não tenha a menor ideia do porquê.

Há apenas nós dois no prédio.

É um gesto um tanto grosseiro, e estou quase pensando em correr antes de acabar esquartejada em seu porão, mas também preciso de um emprego. E eu sou boa com crianças.

Além do Sr. Cara de Cicatriz, não há mais ninguém que eu observe no escritório.

Eu começo a falar de novo, decidindo que talvez eu precise ser mais direta em minha abordagem. "Eu sou Paige Stone. Tenho experiência anterior como diretora de pré-escola e proprietária de uma instalação de pré-escola em Spring Valley. Eu gostaria de saber se você tem alguma vaga de babá disponível."

"Temos uma vaga que ainda não conseguimos preencher", diz o cavalheiro. Ele me olha de cima a baixo novamente.

É algo sobre minha aparência? Eu olho para baixo para ter certeza de que não há uma mancha na minha camisa ou um buraco no meu jeans que eu não tenha visto.

"Você é um pouco mais velha do que nossas garotas de costume que entram."

"Não sei que tipo de operação de babá você está executando aqui, mas tenho muita experiência e, no que me diz respeito, se você estiver discriminando com base na idade ou tipo de corpo, entrarei em contato com um advogado. "

Sua testa aperta.

"Isso não é necessário", ele ferve. Suas mãos se fecham em punhos.

Minha ameaça parece tê-lo intimidado.

Boa!

Pego um cartão de visita na mesa próxima, preparada para registrar uma reclamação se ele não me der pelo menos um formulário para preencher.

"Você é Vance DeLuca?" Eu pergunto, lendo o nome no cartão.

"Sou", diz ele.

Não há sinal de sorriso, e todo o lugar causa problemas, mas não pretendo ser babá dele ou de sua família. Ele é apenas o intermediário, e eu preciso de um emprego.

DOIS
PAIGE

A CAMPAINHA TOCA quando entro no pequeno café. Chego cedo para minha entrevista de emprego e não quero aparecer antes do meu compromisso.

Felizmente, eu só tive que esperar um dia para a entrevista.

Dormir no meu carro é uma merda.

Pego um café superfaturado e depois me sento à mesa, de olho no tempo.

Meu foco é principalmente no meu telefone. A cafeteria às duas da tarde está bem quieta, exceto pelo chiado e turbilhão das máquinas enquanto o barista prepara um café para outro cliente.

Eu olho rapidamente para cima do meu telefone e ofereço um sorriso fraco.

Eu cresci em Breckenridge, mas parece uma vida atrás. A última vez que estive aqui, ajudei a arrumar a casa da mamãe e fiz com que ela se mudasse comigo. Agora que ela se morreu, voltar para casa simplesmente parece certo.

Talvez seja porque a cidade guarda boas lembranças.

Quem disse que você não pode voltar para casa?

Pelo menos, quero acreditar que seja assim.

Outra olhada no meu telefone e na posição que a agência de babás sugeriu pode ser uma boa opção.

Empresário procura babá em tempo integral para garota com necessidades especiais. Inclui alojamento e alimentação juntamente com um pagamento modesto.

O cavalheiro no balcão pega sua bebida e faz uma pausa, me dando uma olhada. "Paige?"

Ele é alto, bonito e tem uma infinidade de tinta que cobre sua pele. Ele é agradável aos olhos, e meu olhar cai rapidamente para a aliança de casamento que ele está usando.

Droga.

"Sim?" Eu não o reconheço.

Mas ele me conhece.

"Uau, você não se lembra de mim. Pois não? " ele pergunta.

Eu sorrio timidamente e coloco uma mecha de cabelo errante atrás da minha orelha. Duvido que ele estivesse coberto de tinta na última vez que o vi.

Seu sorriso é largo e brilhante. Ele parece genuinamente feliz.

É assim que eu quero me sentir. Espero que morar aqui, me mudar para cá, possa me trazer esse mesmo tipo de alegria.

"Jaxson Monroe", diz ele e estende a mão.

Sorrio e aceno com a cabeça, fingindo reconhecê-lo. "Certo."

Eu nunca poderia ser uma atriz. Com toda a honestidade, não tenho ideia de quem ele é, mas ele é lindo de morrer. Como se ele tivesse acabado de sair da capa de um livro de romance.

"Você não se lembra de mim", diz ele.

Bem, ele sabe quem eu sou. Meu nome não é tão comum. "Acho que não mudei muito", digo com uma risada. "Aposto que você não tinha essas tatuagens na última vez que nos vimos."

Jaxson sorri calorosamente e ri. Ele balança a cabeça. "Eu diria que não. O ensino médio foi a última vez que nos vimos, mas eu diria que fomos para o ensino médio e fundamental juntos. Não vou me ofender. Prometo." Ele dá um gesto de honra de escoteiro.

Ele não parece um escoteiro, mas eu sorrio educadamente. Eu coloquei um sorriso no meu rosto para não parecer tão estranho.

Ele não percebe que estou desconfortável, ou talvez ele seja apenas um daqueles caras super amigáveis e extrovertidos que não percebem que outras pessoas não são ótimas a conversar.

Ele é sortudo.

Eu não sou.

"Você está visitando a família?" Jaxson pergunta.

Meus lábios apertam por um breve segundo. "Não. Eu decidi voltar aqui para um trabalho." Eu olho para o meu relógio. "Eu tenho uma entrevista para ir."

Eu me levanto e levo os restos do meu café comigo, jogando-o no lixo.

"Boa sorte."

"Obrigado. Foi bom ver você de novo, Jaxson," eu digo por cima do meu ombro.

———

A cafeteria estava iluminada, ensolarada e parecia amigável, provavelmente porque encontrei Jaxson.

Eu paro do lado de fora do endereço para minha entrevista. É um bar barato.

"A sério?"

Que tipo de empresário entrevista uma babá em um bar? Eu preciso do emprego, e ser pretensiosa não vai me ajudar a conseguir o emprego.

Estou apenas cerca de cinco minutos adiantada. Ligo o telefone no silencioso, pego meu currículo no banco da frente e saio do meu carro.

Eu bato a porta do carro e entro vestindo uma saia linha A, blusa, um suéter de manga curta e salto alto.

Vista-se para o trabalho que você deseja.

O que uma babá veste, exatamente?

Eu não sou nenhuma Mary Poppins. E vamos ser sinceros, eu preciso do trabalho mais do que ela alguma vez precisou.

Se eu não conseguir o emprego, vou dormir no meu carro indefinidamente.

Cada centavo foi gasto em contas de hospital, funeral e cuidando de minha mãe antes de sua morte.

A porta é pesada e range nas dobradiças quando a abro.

Leva um momento para meus olhos se ajustarem à penumbra, e olho ao redor, procurando por um cavalheiro em um terno.

Não há muitas pessoas no bar. Dois homens estão jogando sinuca em jaquetas de couro. Eles provavelmente pertencem a um clube de motociclistas.

O barman acena para a parte de trás do bar.

Há um estande no canto. A mesa tem um cartaz marcado como reservado.

Eu caminho até o cavalheiro sentado na cabine. Os pelos dos meus braços se arrepiam. Algo não parece certo, mas eu empurro todos os meus medos e ansiedade de lado.

Provavelmente sou eu que estou nervosa.

"Oi, eu sou Paige Stone", eu digo e estendo minha mão para me apresentar.

"Moreno Ricci", ele apresenta. "Por favor, sente-se."

A cabine é curva, e eu faço o meu melhor para me sentar o mais longe possível dele. Isso não é um encontro. Não quero que seja aconchegante.

Por que ele não escolheu uma mesa ou uma cabine onde estávamos sentados um de frente para o outro? Inferno, por que ele não escolheu outro lugar para se encontrar?

Ele está bem vestido, em um terno, camisa branca engomada, gravata sem um único defeito. "Fale-me sobre você, Paige."

Sua pergunta quase soa um pouco pessoal demais, como um encontro. Mas eu sei que estou pensando demais. Esta é uma entrevista de emprego.

Ele será meu chefe se eu for contratada.

"Sim claro." Eu deslizo para ele uma cópia do meu currículo. Eu também mantenho uma segunda cópia para mim mesma para olhar de vez em quando. Isso me ajuda a me concentrar no que quero dizer e me impede de deixar de fora algo importante.

"Eu possuía e operava uma pré-escola em Spring Valley até o final do outono passado, quando um comprador se ofereceu para comprar o estabelecimento."

Eu não quero elaborar sobre por que eu vendi o negócio.

Não a menos que ele pergunte.

Seus olhos apertam e ele dá um aceno fraco. "Ter uma pré-escola não é o mesmo que trabalhar com crianças."

"Tenho um diploma em educação infantil e passei uma década ensinando crianças em idade pré-escolar e escrevendo um currículo que outros professores usaram para minha pré-escola particular. Você mencionou em sua lista que sua filha tem necessidades especiais. Tenho muita experiência em trabalhar com uma variedade de crianças com necessidades únicas."

"Tudo bem", diz Moreno, "no entanto, você precisa entender que, como este trabalho inclui hospedagem e alimentação, você pode ver coisas sobre as quais não pode fazer perguntas ou falar com ninguém".

"Eu não conheço ninguém aqui", eu digo. Bem, isso não é verdade. Quase não conheço ninguém. Encontrei Jaxson esta manhã, mas ele mal conta. Não é como se fôssemos amigos e compartilhamos segredos. Eu não sei onde ele mora ou seu número de telefone. Ele também é casado, pelo que eu poderia dizer, sendo que ele usava um anel.

Eu não mantive exatamente contato com nenhum dos meus amigos de infância. A maioria deles se mudou, eu presumo.

Moreno aperta os lábios. "O sigilo é esperado e visto como de extrema importância acima de tudo."

Ele pega em uma pasta e remove uma série de papéis e uma caneta.

"Se você estiver interessada, meu empregador e eu exigimos que você assine estes papéis para nos assegurar que você entende suas responsabilidades e manterá tudo o que testemunhar ou ouvir em sigilo."

"É isso. Eu assino os papéis e o trabalho é meu?" Eu pergunto.

Ainda nem conheci a garotinha de quem deveria ser babá, mas não consigo imaginar que uma criança de quatro anos seja um terror assim. Mesmo que seja, preciso desse emprego, e Moreno parece precisar de mim.

"Você precisará se encontrar com minha filha, Nova, mas isso não pode acontecer até que você tenha assinado os papéis", diz Moreno.

Não consigo imaginar que ele trouxe Nova com ele. "Você é o dono deste lugar?" Eu pergunto, olhando ao redor do bar. Não consigo entender por que mais ele sugeriu que nos encontrássemos aqui.

"Meu chefe é o dono do lugar", diz Moreno e pigarreia.

Ele percebe meu desconforto?

"Agradeço a discrição que me é oferecida aqui", diz ele.

"Eu percebo."

"Percebe?" Moreno pergunta.

Não, na verdade não. Pego as páginas da documentação que ele pediu que eu revise e assine. "A agência já me fez preencher um monte de papelada", eu digo.

"Sim, tenho certeza que sim, mas exigimos que qualquer pessoa que entre em nossa casa entenda e cumpra nossas regras. Além disso, o contrato de locação é connosco. Pagamos à agência por trazê-la até nós."

Minha atenção volta para o pacote de documentos que ele quer que eu assine. Há uma página inteira sobre discrição, sigilo, e que devo sempre seguir suas instruções.

Ele tem um pouco de um complexo. Isso é certo.

Mas este trabalho é melhor do que dormir no meu carro. E embora eu possa me inscrever no café onde parei esta manhã, duvido que pague o suficiente para alugar um apartamento localmente.

O fato de me oferecerem hospedagem e alimentação faz com que valha a pena.

Eu rabisco meu nome na linha e rubrico as páginas individuais que ele digita uma de cada vez.

Eu deslizo sobre as especificidades do contrato. São noventa porcarias de páginas. Eu ficaria aqui o dia todo se lesse cada linha, mas eu entendi a essência. Não divulgar nada que eu testemunhe, ouça ou encontre.

Satisfeito com minha assinatura, ele coloca as páginas de volta em sua pasta e desliza para fora da cabine. "Se você quiser me seguir, posso levá-lo até a propriedade."

Eu saio da cabine e me levanto, alisando minha saia.

Moreno dá passos largos e rápidos, e eu praticamente tenho que correr de salto alto para alcançá-lo.

Ele abre a pesada porta de madeira, e a luz brilhante da tarde me força a semicerrar os olhos.

"Onde está o seu veículo?"

Aponto para o carro de duas portas. Não é grande coisa, mas não precisei de nada extravagante.

Ele bufa baixinho. "Isso não vai te levar para cima e ao redor da montanha no inverno. Vá devagar, pois aposto que você não tem tração nas quatro rodas nessa coisa."

"Você quer me dar o endereço e eu posso colocá-lo no meu telefone?"

"O GPS é irregular aqui", diz Moreno. "Especialmente quando nos afastamos do caminho batido."

"Oh, tudo bem." Entro no carro e sigo Moreno em seu SUV preto brilhante. Parece novo - até as rodas brilham.

Estou dirigindo um câmbio manual e reduzo a marcha enquanto o sigo montanha acima e depois saio da estrada principal. Nós dirigimos por um tempo com a floresta em ambos os lados, e depois à esquerda é uma clareira, campos abertos e palheiros abundam.

É lindo.

Moreno liga o sinal e descemos por um caminho estreito. Árvores dossel acima da estrada, fazendo com que pareça uma ponte quando nos aproximamos da propriedade.

Portões de ferro forjado se elevam acima e se estendem até onde posso ver. Paramos e há uma torre de guarda com um homem dentro da cabine.

A floresta está ao longe, mas uma clareira se estende por duas propriedades, com uma gigantesca cabana de madeira. É remoto, mas bonito. A cabine está recém-pintada, a madeira brilhante com o sol brilhando contra ela, e enorme. Poderia muito bem ser descrito como uma mansão, mas do lado de fora, é rústico, nem um pouco piroso.

O que exatamente Moreno faz como trabalho?

Os portões se abrem e eu dirijo lentamente atrás de Moreno, dando ao guarda um breve aceno de agradecimento ao entrar no local.

Segurança privada?

Eu ganhei o jackpot ganhando quarto e embarque em um lugar como este.

É melhor que dormir no meu carro.

Para quem Moreno trabalha?

A C.I.A.?

TRÊS
MORENO

ESTACIONO o SUV na frente da casa e espero Paige estacionar atrás de mim.

"Preparada?" Não é realmente uma pergunta. Eu a escolto para dentro, a porta da frente trancada e o sistema de segurança armado. Eu o desarmo ao entrar. Há também um guarda de plantão na entrada principal do foyer.

Leone geralmente não está de plantão na entrada da frente. Na maioria das vezes, não precisamos de um guarda para vigiar a porta, pois temos um portão de guarda na entrada principal.

Mas hoje é diferente.

Trazer um estranho para o complexo requer precauções extras. Leone foi designado para cuidar da nova babá quando ela estiver desacompanhada de Don Ricci ou de mim.

Paige fica quieta e segue com passos suaves. Seus saltos batem contra as tábuas de madeira enquanto ela me segue pelo vestíbulo e pelo corredor até a sala de jogos no andar de baixo.

"Você decidiu usar isso para uma entrevista para uma posição de babá?" Olho para Paige. Quando terminarmos, ela provavelmente terá arruinado suas roupas bonitas.

Sua testa franze e ela ajeita a jaqueta e a saia.

Eu sem dúvida a insultei, mas ela já trabalhou com crianças antes. Ela era dona de uma pré-escola. Paige deveria ter esperado usar algo um pouco mais prático.

"Você tem uma casa adorável." Ela ignora meu comentário.

"Obrigado." Não a corrijo dizendo que não é a minha casa. Dante me deu o privilégio de viver sob seu teto. É uma honra e, como ele tem oito quartos, não há problema em relação ao espaço.

Além disso, Luca e Nova são praticamente inseparáveis, menos o tempo que Luca está no jardim de infância.

Entro na sala de jogos e descubro Luca pintando na tela e Nova curtindo uma festa do chá com seus bichos de pelúcia.

A atenção de Dante está em seu telefone, de costas para a parede, encostado nela. "Ah, bom, você está aqui com a nova babá." Ele mal olha para cima. "Nikki tinha uma consulta médica. Eu preciso verificar se uma remessa está chegando. Você toma conta disso?

"Sim chefe."

Dante sai da sala de jogos.

É sempre sobre negócio. Sinceramente, estou chocado por ele não ter Leone ou Rhys vigiando Nova e Luca, embora a última vez que Rhys foi convidado a se sentar, as paredes estavam cobertas com marcador permanente.

"Oi, Moreno", diz Luca. Ele está de costas para mim enquanto continua a pintar um quadro de nossa casa.

Eu limpo minha garganta. "Nova, temos uma visita."

Ela ergue os olhos de sua festa do chá e pisca seus olhos azuis brilhantes. Ela tem os cabelos louros-morango de sua mãe. Alguns dias eu me pergunto se ela é minha, mas eu sei que ela é. Serene só tinha estado com um homem, em toda a vida.

"Nova, venha aqui."

Ela hesita, como sempre.

"Nova", eu digo novamente. Estou tentando manter a calma. Eu preciso disso para trabalhar com a nova babá. Não posso ficar de olho em Nova e continuar meu papel como segundo em comando de Dante.

Ser um subchefe para o chefe da família não é tarefa fácil. Não é um trabalho das nove às cinco. Qualquer coisa que Dante precise, eu faço por ele.

Sem dizer nada, Nova empurra a cadeira para trás. A cadeira range contra as tábuas do piso antes de cair atrás de Nova.

Ela pode ser muda, mas suas ações não são nada silenciosas.

Nova se levanta, mas ela não ouve. Ela nunca me ouve.

Com um suspiro pesado, eu me aproximo e agarro o braço de Nova, trazendo-a para Paige.

"Paige, esta é minha filha, Nova."

"Oi, Nova," Paige diz, e imediatamente ela se abaixa até o nível de Nova. "Eu gosto da sua coleção de bichos de pelúcia."

Nova morde o lábio inferior e olha por cima do ombro para seus bichos de pelúcia.

"Tudo bem se você me mostrar seus amigos?" Paige pergunta à minha filha.

Nova olha da babá para mim.

"Vá em frente, você pode mostrar a ela seus brinquedos", eu digo.

Cruzando os braços sobre o peito, observo a interação delas.

Paige fala mansamente com Nova e sorri calorosamente. Ela está tentando aliviar os medos da minha filha. Eu entendo isso.

Mas não vai funcionar.

Nova requer uma mão firme e uma figura forte e autoritária. Mimá-la é a última coisa para ajudar a situação. Ela não ouve, sua mente está constantemente em um estado de devaneio e divagação.

"Qual amigo é o seu favorito?" Pergunta Paige.

Nova não responde.

"Ela não pode te responder," eu lembro Paige.

Seus olhos se apertam e ela sorri calorosamente para Nova. "Eu volto já."

Os olhos de Nova estão arregalados, e ela cai no chão para se sentar com seus bichos de pelúcia, as pernas dobradas em baixo dela.

"Posso ter uma palavrinha com você, a sós?" Pergunta Paige.

Há um fogo atrás de seu olhar.

Ela vai trazer problemas.

QUATRO
PAIGE

"POSSO TER uma palavrinha a sós com você, senhor?" Eu pergunto.

"Claro. Por que não saímos para o corredor?" Moreno me leva para fora da sala de jogos, mas ainda estamos à vista de Luca e Nova.

Sua atenção parece estar mais neles do que em mim.

"Se você está me contratando para cuidar de sua filha, espero que ouça minha experiência como cuidadora", digo. Eu sei que estou arriscando. Seu contrato estúpido apontava que ele estava no comando e, claro, ele é o chefe, eu entendo, mas não estou bem com a maneira como ele lida com sua filha.

Eu falo antes que ele possa me interromper ou me jogar pela porta da frente.

"Você não pode falar com sua filha dessa maneira. Sim, ela pode não falar, mas ainda pode se comunicar, e você deve encorajá-la de qualquer forma."

"Com licença?" Moreno zomba. "Você está me dizendo como criar minha filha?" Ele se aproxima, entrando no meu espaço pessoal.

Ele me força a dar um passo para trás. Sua atenção não está mais nas crianças na sala, mas inteiramente em mim.

O calor de seu olhar envia um arrepio na minha espinha.

"Você acha que sabe o que é melhor para Nova?" Moreno pergunta. "Porque eu posso garantir que tudo o que você pensa que sabe, você está enganada."

Suas narinas se dilatam, e eu abro minha boca, mas rapidamente a fecho quando Luca explode gritando a plenos pulmões.

Moreno invade a sala de jogos e tira a arma do coldre no quadril.

Eu nem sabia que ele tinha uma arma com ele. "Você está assustando ele!" Eu repreendo Moreno e passo correndo por ele para checar Luca.

Os olhos de Nova estão arregalados e cheios de terror, mas ela está imóvel e parece que o único perigo é Moreno.

"Mamãe!" Luca grita ainda mais alto do que antes. "Eu quero mamãe!"

Dou meia-volta e aponto para Moreno. "Você precisa colocar isso de lado e sair daqui." Eu gesticulo em direção a sua arma.

Eu não gosto de armas. Nunca gostei. Estar perto deles me assusta, mas definitivamente parece que Luca ganha o prêmio do medo agora.

Por que diabos Moreno sacou sua arma? O que ele possivelmente achava que poderia ter acontecido que exigia uma arma na sala de jogos?

A casa é fortemente vigiada, com portões, guardas e um sistema de segurança. É um pouco exagerado.

Moreno sai da sala de jogos, e eu estou de volta em minhas mãos e joelhos no nível de Luca.

"Ei, Luca, eu sou Paige", eu digo, tentando acalmá-lo. "Você quer me mostrar sua pintura?" Não sei o que o assustou originalmente, mas trazer isso à tona agora parece uma ideia terrível.

Nova se levanta e se junta a mim e Luca ao lado da tela.

Luca funga e enxuga o rosto com as mãos manchadas de tinta, deixando uma mancha azul em sua bochecha.

"Eu estava pintando minha casa", diz ele. Seus olhos estão vermelhos e manchados, mas as lágrimas diminuíram.

Eu sorrio, genuinamente satisfeita com sua pintura. "Você fez um trabalho fantástico", eu digo.

Nova olha para mim. Um leve sorriso puxa os cantos de seus lábios. Quase como se ela estivesse tentando não sorrir. "Você também gosta de pintar?" Eu pergunto a ela.

Ela encolhe os ombros, não me dando uma resposta clara.

Aposto que ela gosta de pintar.

"Desculpe estar atrasada." Uma mulher vestindo um vestido amarelo brilhante entra na sala de jogos. "Luca, você foi bom para a nova babá?" a mulher pergunta enquanto ela caminha até o garotinho. "Eu sou Nikki", ela apresenta.

"Oi, eu sou Paige", eu digo e estendo minha mão para me apresentar adequadamente. Ela parece calorosa, amigável e completamente deslocada depois de conhecer Moreno e Dante. "Você deve ser a mãe de Luca", eu acho.

Nikki sorri e assente. "Sou sim. Você está pronto para ir embora, Luca? Desculpe, você ficou presa assistindo este pequeno tigre. Prometo que não será uma ocorrência regular."

"Não foi nenhum problema", eu digo. Eu não elaboro que eu não estou aqui há uma hora, e Dante estava o observando antes de eu aparecer.

"Deixe-me saber se você precisar de alguma coisa, tiver alguma dúvida ou qualquer outra coisa", diz Nikki. "Tenho uma agenda bem cheia, mas fico feliz em ajudar quando tenho um minuto livre."

"Obrigado."

Nikki acompanha Luca para fora da sala de jogos. "Vamos, Luca. Vamos te lavar. Você tem tinta na bochecha e no cabelo. Depois vamos fazer caminhadas nas trilhas."

"Ok, mamãe." Ele agarra a mão dela e a segue para fora da sala de jogos.

Somos apenas Nova e eu. Sorrio calorosamente e aponto para a festa do chá. "Posso brincar com você e seus amigos?"

Meu celular vibra, e eu o tiro da minha bolsa para dar uma olhada na mensagem de texto. É de Moreno.

Eu olho de volta para a porta vazia. Ele não está à vista. Por que ele simplesmente não veio falar comigo em vez de me mandar uma mensagem?

O trabalho é seu. Não estrague isso. A Nova está contando com você. Nós dois estamos.

CINCO
MORENO

"A NOVA BABÁ PARECE - FOFA", diz Dante, me dando um sorriso malicioso.

"Eu não percebi." É mentira. Como eu não notei suas lindas pernas longas sob aquela saia?

Dante ri baixinho. "Claro que você não percebeu. Então, você a contratou, eu presumo."

Eu esfrego minha testa. Sua experiência no papel foi excelente, mas não fiquei satisfeito com a forma como ela falou comigo. Se eu dissesse uma palavra sobre isso para Dante, ele me diria para despedir sua bunda.

"Não posso continuar entrevistando babás", digo.

"Esta é sua segunda babá e primeira entrevista desde que Nova nasceu."

Dante não faz rodeios.

"Certo", eu digo. "Não estou acostumado a deixar estranhos entrarem em nossa casa, em nossas vidas." Eu vou para a cozinha para uma xícara de café, e Dante me segue. "Como está o envio?" Ele estava lidando com negócios quando cheguei esta tarde com Paige.

"Atrasado, mas nada que eu não possa lidar. Acontece que o caminhão quebrou e estava fora do alcance do celular. Você sabe como podem ser as estradas abertas", diz Dante. "Tudo está de volta ao prazo."

"Boa." Era uma coisa a menos com a qual eu teria que lidar hoje à noite ou amanhã. Dante me fez um favor ao lidar com a remessa. Essa era minha responsabilidade, e eu estava lidando com a contratação de uma nova babá para Nova.

"Você parece diferente, calado." Dante está sempre um passo à frente. Isso costumava ser eu. Desde o ataque ao complexo, estou distraído.

"Você sabe como é", eu desculpo e pego o café, servindo uma xícara para mim. Eu tomo um gole da caneca. Eu preciso da dose extra de cafeína hoje. Eu preciso estar na ponta dos pés, especialmente com Paige sob nosso teto.

Os lábios de Dante estão apertados. "Posso arranjar um lugar só seu, segurança privada, tirar Nova e você de debaixo do meu teto", diz ele.

"Não." Por mais tentadora que seja a oferta, não posso fazer isso. Eu não me sentiria seguro sem o mesmo nível de segurança privada que Dante tem para sua família. "Nunca estarei em casa. Nós dois sabemos que isso não é o ideal com Nova." Não contratei Paige para criar minha filha, apenas para cuidar dela enquanto estou distraído com o trabalho.

"Você deu à nova babá um tour privado de suas acomodações e do quarto de Nova?" pergunta Dante.

Eu não dei. Saí correndo depois de me fazer de bobo na frente das crianças. Como não temer o pior quando ouvi o grito aterrorizado de Luca? Claro, uma vez que ele viu minha arma, o sistema hidráulico começou, e os gritos histéricos ficaram ainda mais altos.

Tem dias que eu não me sinto talhado para ser pai. Serene era quem queria ser mãe. E ela me deixou sozinho com Nova.

Dante estava certo.

"Ainda não. Ela está com Luca e Nova na sala de jogos," digo.

Eu precisava mostrar Paige as instalações. Uma parte de mim a estava evitando.

Por que será?

"Nikki acabou de levar Luca para fazer caminhadas."

"Eu não posso acreditar que você os deixou ir sozinhos." Como ele pode ser tão descuidado após o ataque recente?

"Eles não estão saindo da propriedade e um dos guardas está com eles o tempo todo. Eles nunca estão sozinhos", diz Dante. "Eu não o deixaria." Ele pega um copo do balcão e depois o uísque no armário de bebidas e serve um copo para si mesmo. "Eu te ofereceria uma bebida, mas—"

"Sim, não, obrigado." eu não bebo. Meu pai era alcoólatra, então sempre tive o cuidado de evitar essas coisas. Não quero me tornar como meu pai.

Dante gira o líquido âmbar antes de engoli-lo de uma só vez. Ele serve um segundo copo para si mesmo. "A babá que você contratou, ela é fofa."

"Não", eu o advirto. Por que eu estava me sentindo superprotetor de Paige?

Ele ri. "Eu não estava sugerindo para mim. Já faz um ano, Moreno. Sua esposa se foi. Você merece um pouco de diversão", diz Dante.

Eu mordo minha língua. Eu não quero falar sobre Serene. Essa conversa está fora dos limites. "Não." Eu não posso nem imaginar foder Paige.

Não, isso não é verdade. É fácil imaginar levantando sua saia e rasgando sua calcinha, transando com ela no corredor para os guardas assistirem enquanto eu a faço gritar meu nome.

Mas ela é minha funcionária e babá da minha filha.

Eu tenho que me manter profissional, se não para mim, então para Nova. Ela não pode perder outra babá, não de novo.

Nem eu posso.

Temos câmaras em toda a casa, especialmente na sala de jogos. Eu puxo o feed para assistir Paige com minha filha.

As duas estão brincando de festa do chá, imersas em um mundo de faz de conta. Pelo menos Nova tem uma nova amiga para brincar durante o dia quando Luca está na escola.

Pego meu telefone e envio uma mensagem rápida para Paige.

O trabalho é seu. Não estrague isso. A Nova está contando com você. Nós dois estamos.

Ela olha para o telefone, mas não responde minha mensagem.

Há um traço desafiador nela. Eu posso ver por trás daqueles olhos verdes brilhantes.

Meu pau se contrai em minhas calças.

Merda.

De jeito nenhum.

Ela é a babá da minha filha. Foder ela não vai acontecer.

Ela passa a mão pelo cabelo castanho-claro, seus longos cachos ficam um pouco bagunçados, e isso a faz parecer muito mais sexy e irresistível. Ela tem mechas loiras naturais que emolduram seu rosto, provavelmente por estar no sol.

"Ainda assistindo o feed?" Dante ri enquanto olha por cima do meu ombro.

Eu limpo minha garganta.

Beisebol. Futebol. Flocos de neve de inverno.

Estou jogando pensamentos limpos e não sexuais em minha mente para encerrar meus desejos. Funciona?

De jeito nenhum.

Exalando um suspiro alto, eu abaixo aquela caneca de café e pego uma segunda xícara. Por que eu acho que a cafeína vai me ajudar?

"Qual é a história dela?" pergunta Dante. Ele se empoleira na beirada da mesa e cruza os braços sobre o peito.

Dante é alguns anos mais novo e mais rude. Seus olhos estão sempre escuros, mesmo quando ele tenta suavizar o olhar para seu filho, Luca.

"Eu não sei."

"Besteira", diz Dante. "Eu sei que você fez uma verificação de antecedentes da linda morena. Eu não esperaria nada menos, visto que você a trouxe para minha casa."

"Nunca se casou. Sua mãe morreu de câncer recentemente. Ela vendeu a pré-escola que possuía para cuidar de sua mãe. Segundo os registos, ela está até o pescoço com contas médicas, vendeu sua casa, seus pertences, tudo para pagar a dívida."

Dante se levanta da mesa e acena para eu segui-lo para fora da cozinha.

Pego minha xícara de café e ando alguns passos atrás dele. Ele entra no escritório e se esgueira para a poltrona próxima. Há uma estante de madeira embutida forrada com centenas de livros que Nikki insistiu em encher nas prateleiras de uma parede. Tudo, desde livros infantis para ler para as crianças até romances para sua fuga particular.

"Vocês dois perderam alguém próximo", diz Dante enquanto cruza as pernas.

Suas feridas serão tão cruas quanto as minhas? Não é um concurso.

Pela primeira vez, ele está tentando não arrancar o curativo ensanguentado em uma cicatriz que ele causou.

Serene morreu porque Vance DeLuca mandou matar nossa família.

SEIS
PAIGE

NOVA E EU passámos a tarde tomando um chá juntas antes de eu levá-la para fora da sala de jogos.

Dante e Moreno estão tendo uma conversa acalorada do outro lado do corredor em outra sala. Não consigo entender direito o que está sendo dito. Só que seus tons me fazem querer correr na outra direção.

Eu evito incomodar qualquer um deles. Tenho certeza de que eles estão ocupados.

"Que tal irmos ao parque?" digo a Nova.

O guarda na entrada da frente desapareceu.

Boa.

Estava quente quando chegámos, então Nova não vai precisar de casaco. Eu a levo para fora da porta da frente e em direção ao meu carro.

"Você vai precisar de um assento de carro", murmuro para mim mesma.

A porta da frente se abre por trás.

"O que você está fazendo?" Moreno grita.

"Eu ia levar Nova ao parque, mas preciso pegar emprestada uma cadeirinha da sua caminhonete." Suponho que ele tenha uma afivelada no banco de trás.

Ele bufa alto. "Absolutamente não. Você não vai levá-la para fora das instalações."

"O quê? Por que não? Você não confia em mim?" Eu pergunto.

"Eu não te conheço." Ele pega as chaves do meu carro da minha mão e as coloca no bolso. "Nova, entre!" Moreno aponta para a porta, exigindo que ela volte para a casa.

Ela fica de mau humor e chuta os pés contra o chão enquanto caminha, sujando seus sapatos brancos imaculados. Eventualmente, Nova corre para dentro do saguão.

Moreno dá um passo em direção à casa e bate a porta, deixando nós dois conversando a sós.

Meu estômago está dando cambalhotas.

Seus olhos escurecem quando ele se aproxima, invadindo meu espaço pessoal. "Você não deve tirá-la da propriedade."

"Nunca? Nada de excursões ou tardes no parquinho?" Eu não posso acreditar o quão irracional ele está sendo. Ele está bravo com Nova ou comigo?

"Isso mesmo." Ele cruza os braços sobre o peito. "Se você quiser levá-la ao parque, há um belo jardim na cozinha que você pode levá-la para visitar."

Abro a boca para protestar, mas ele abre a porta da frente. "Dentro, agora!"

Eu tremo com seu tom. Talvez eu devesse reconsiderar este trabalho, mas Nova precisa de mim. Ela precisa de uma babá que seja calorosa, gentil, paciente e amorosa. Não tenho certeza se Moreno, o pai dela, é alguma dessas coisas.

"Você não precisa ser tão rude", murmuro enquanto entro de volta para dentro do saguão.

Moreno bate a porta e a casa vibra.

Os olhos azuis-bebês brilhantes de Nova estão bem aberta. Ela dá um passo para trás e depois corre de volta para a sala de jogos.

"Nova!" Moreno grita para que ela volte.

"Eu vou buscá-la", eu digo e vou para a sala de jogos, querendo ficar longe de Moreno.

Ele agarra meu pulso. "Não tão rápido." Ele me puxa de volta para o seu lado. "Você e eu, não terminámos."

Não? Gostaria que já tivéssemos. Prefiro não continuar mais conversas com Moreno, mas de alguma forma acho que a decisão não é nem um pouco minha.

Nova arrasta os pés e sai da sala de jogos, abraçando um de seus bichos de pelúcia apertado contra o peito.

"No andar de cima, Nova." Moreno aponta para a escada.

Sem dizer nada, ela sobe as escadas, e Moreno gesticula para que eu a siga.

Ele me solta, e eu expiro, aliviada do adiamento. Alguma chance de ele me deixar em paz?

Não.

Ele me segue escada acima.

"Vou lhe mostrar seu quarto", diz Moreno.

Olho atrás de mim. Ele está um degrau abaixo de mim. "Minhas malas estão no meu carro", eu digo.

Ele tem minhas chaves.

"Vou pedir para Leone pegar suas coisas e levar sua bagagem para o seu quarto."

"Isso não é necessário. Posso pegar minha mala. Não é muita coisa."

Levei o minimalismo a um nível totalmente novo quando minha mãe faleceu. Tudo o que possuo está no meu carro: uma mala, uma mochila e uma bolsa de produtos de higiene pessoal. Vendi tudo o que tinha para cobrir as despesas que o seguro não pagou.

"Bom, então Leone não terá problemas em levá-lo ao seu quarto", diz Moreno. Ele gesticula com dois dedos para que eu continue andando.

Nova já está no topo da escada, esperando por mim. Ela planeja me mostrar seu quarto?

Ainda é cedo para colocá-la na cama. Nenhuma de nós jantou ainda. Todos nós comeríamos juntos como uma família?

Assim que chego ao degrau mais alto, Moreno me conduz pelo corredor em direção a uma porta do lado direito. Ele gira a maçaneta e abre para revelar um colchão queen-size. A sala é bastante simples de decoração, com paredes brancas nuas, mas uma cômoda está perto das janelas pitorescas.

"Você pode pendurar quadros ou decorar o quarto como quiser."

"Obrigado." Eu não planejava fazer muito com o lugar. Era um quarto para dormir. Era tudo o que me importava.

"Você tem seu próprio banheiro privativo", diz Moreno enquanto entra no quarto e abre a porta do banheiro. Ele acende a luz e então sai e dá a volta na sala em direção a outra porta. "Você tem um quarto contíguo com Nova. Se ela precisar de alguma coisa durante a noite, você cuidará dela."

Moreno abre a porta ao lado.

Nova corre para seu quarto e se vira para mim, com as mãos juntas na frente dela.

"Sim, claro", eu digo.

Eu sigo Nova em seu quarto. Cortinas de lavanda com guarnição amarela são puxadas para trás para deixar a luz do sol entrar na sala. As persianas das janelas estão bem abertas, cascateando as paredes pintadas de amarelo em um brilho ensolarado.

"Eu gosto do seu quarto", eu digo e sorrio para Nova.

Ela dá um sorriso de lado. É o maior sorriso que eu vi dela hoje. Seus olhos suavizam e ficam com um tom mais quente de cerúleo.

"Vou pedir para Leone trazer o jantar para o seu quarto para vocês duas", diz Moreno enquanto se retira para a porta.

"O quê?" Ele está nos punindo por minha tentativa de tirar Nova do local e levá-la ao parque?

"Eu tenho trabalho para terminar, e eu não preciso lidar com vocês duas." Moreno bate a porta ao sair do quarto.

Nova está na porta entre nossos quartos.

"Seu pai é sempre tão mal-humorado?" Eu pergunto.

Ela sorri e assente.

É a primeira forma de comunicação além do sorriso fraco que testemunhei dela hoje. Ela esperou até que seu pai tivesse saído do quarto.

Ela tem medo dele? Eu não a culparia.

Ele gosta de mandar em nós. Bem, as coisas vão ter que mudar.

SETE

MORENO

EU INSTRUO Leone a trazer o jantar para Paige e Nova enquanto eu me enterro com Dante em seu escritório.

Leone também está sob ordens para não deixar nenhuma delas sair de sua suíte sob nenhuma circunstância.

"Como está Nova?" Dante pergunta, bebendo seu copo de uísque. Seus olhos estão escuros, e ele olha para o líquido âmbar antes de engolir e servir um segundo copo.

"Com a nova babá? É muito cedo para dizer," eu digo e me sento na cadeira em frente a Dante, afundando no couro.

Dizer que estou exausto é um eufemismo. Não consigo me lembrar da última vez que dormi durante a noite. Tinha que ser antes da morte dela.

Ele está quieto, pensativo enquanto olha para a bebida em sua mão.

"O que foi, chefe?"

"Tentei dar a Luca e Nikki o máximo de uma vida normal possível. Talvez isso deva se estender a Nova. Ela é um pouco jovem demais para a escola primária, mas certamente podemos mandá-la para uma pré-escola particular, onde ela pode interagir com outras crianças."

Minha mandíbula aperta com sua sugestão. "Você acha que é uma boa ideia?"

Quero o melhor para minha filha. Não preciso de ninguém, nem mesmo Don Ricci, me dizendo o que devo fazer por Nova.

"Passos de bebê", diz Dante. "Eu ouvi a discussão que você teve com a nova babá. Faça com que ela leve Leone com elas e deixe a garota tomar um pouco de ar fresco. Talvez Nova faça alguns amigos da idade dela no parque."

Não posso acreditar na sugestão dele.

"Vance DeLuca ainda está por aí!" Eu me levanto e ando de um lado para o outro no escritório de Dante. A sala está quente, o ar abafado, e meu estômago dá cambalhotas. Eu afrouxo minha gravata e limpo o suor da minha testa.

Felizmente, eu não jantei, ou eu teria vomitado.

"Não temos motivos para acreditar que ele está atrás de Nova, e Leone ficará de olho na babá para garantir que ela permaneça segura."

"O nome dela é Paige", eu digo. Não sei porquê, mas sinto que é necessário corrigi-lo.

"Você confia em Paige com Nova, não é?" pergunta Dante.

Eu não a teria contratado se não confiasse que Nova estaria em boas mãos. "Absolutamente." Isso não significava que eu confiava em mais ninguém perto da minha filha.

"Então deixe-os ir ao parque amanhã. Nova poderia gostar da mudança de ritmo."

Uma batida forte contra a porta de vidro fosco nos interrompe.

"Entre", diz Dante.

Nikki enfia a cabeça no escritório. "Desculpa por interromper." Seus olhos se enrugam e ela oferece um sorriso caloroso.

"Sente-se," Dante diz para mim e gesticula para a cadeira em que eu estava apenas alguns minutos antes.

Eu sinto que eles estão prestes a me atacar. Só não tenho certeza do porquê. Fecho a boca, com a mandíbula apertada, e caio na cadeira em frente ao meu chefe. Eu aperto minhas mãos juntas no meu colo.

"Sim?" Estou esperando o que quer que eles tenham para mim.

Eles não gostam da babá que eu contratei? Ela é demasiado gostosa?

Confie em mim, eu notei. Essa não foi a razão pela qual eu a contratei, mas é certamente uma vantagem.

"Estou preocupada com Nova", diz Nikki. Ela cruza as mãos na frente dela e olha para Dante.

"Eu sei. Eu acho que a nova babá, Paige, vai se encaixar bem," eu digo. Ainda estou chateado por ela tentar tirar Nova do local, mas não acredito que suas intenções tenham sido mal-intencionadas.

"Estamos todos preocupados com sua filha e, embora eu esteja aliviado por você ter contratado uma nova babá para entretê-la, ela precisa de um pouco mais do que Paige pode oferecer a ela. Ela precisa falar com um psicólogo infantil", diz Dante.

Eu ri de sua sugestão. "Nova não fala." Ele bateu a cabeça?

Nikki se aproxima e descansa a mão no meu braço. "Psicólogos infantis são treinados para trabalhar com crianças pequenas, e há outras maneiras de fazer Nova se comunicar, como com obras de arte".

"E vocês dois acham que isso é uma boa ideia?" Nosso mundo está mascarado em segredos. E se Nova deixar um deles escapar?

Para não mencionar, eu vi sua arte. É adorável e tudo, mas ela tem quatro anos. Não é como se o terapeuta fosse ganhar muito com um monte de rabiscos.

Dante limpa a garganta. "Sim, acredito que isso seja o melhor para Nova e, embora não esteja empolgado em trazer uma pessoa de fora, essa mulher é altamente recomendada. Fizemos uma verificação completa de antecedentes para garantir que não haja conexão com os DeLucas ou qualquer outra pessoa preocupante." Ele descansa as mãos sobre a mesa. "O que você diz?"

Eu não acho que eles vão me deixar dizer não. Não há muita escolha, e eu quero o que é melhor para minha filha. "Sim, claro."

"Bom, porque eu já marquei a consulta", diz Nikki e enfia a mão no bolso para me entregar um cartão.

Eu olho para o cartão e o compromisso rabiscado no verso para esta tarde de sexta-feira.

"Parece que vou precisar de algumas horas de folga, chefe." Eu ofereço um sorriso fraco, tentando amenizar a situação. É tudo o que posso fazer.

Quero penhorar esta tarefa na nova babá. Deixar Paige correr com Nova pela cidade para que eu não tenha que explicar nenhuma parte da situação ao terapeuta.

Mas não é assim que funciona.

Eu não sou um idiota.

Eu mantenho minha merda engarrafada dentro de mim.

Falar não ajuda, mas não posso ignorar a nuvem escura que paira sobre minha garotinha.

Algo deve ser feito antes que o trauma que ela sofreu seja irreversível.

Só espero que já não seja tarde demais.

ACORDO ASSUSTADA com as batidas suaves da pequena Nova.

"Oi, bom dia."

Ela está ao lado da minha cama, sua girafa de pelúcia apertada em um braço e o polegar enfiado na boca.

"Você quer me fazer companhia?" Eu pergunto e acaricio a cama ao meu lado.

Ainda não olhei para o relógio. O sol está nascendo e está espreitando através das cortinas, o que significa que é muito cedo para eu acordar.

Nova sobe em cima das minhas cobertas. Ela fica ao meu lado por uma fração de segundo antes de ficar de joelhos e bater no meu ombro novamente.

Eu rolo para o meu lado.

Ela não vai me deixar dormir. "Você está com fome para o café da manhã?"

Seus olhos estão arregalados e ela balança a cabeça vigorosamente como se estivesse morrendo de fome.

Tivemos um banquete para o jantar. O guarda trouxe nossa refeição até o quarto, onde nós duas optámos por um piquenique no chão com seus bichos de pelúcia.

Com sorte, podemos nos esgueirar até a cozinha sem incomodar Moreno.

Também quero ver o resto da casa.

"Vamos te vestir", eu digo e saio de debaixo das cobertas.

O tamborilar de seus pés se apressa pelo piso de madeira e até a porta adjacente aberta. Nova entra, esperando que eu a acompanhe.

Leva alguns segundos para eu acordar completamente. Esfrego o sono dos meus olhos e vejo Nova enfiando a cabeça no canto da porta.

Ela está esperando por mim, se perguntando se eu vou. Eu vou para o quarto dela e pego um vestido branco com papoilas vermelhas para ela usar. É um vestido de verão, mas vai ser perfeito para o clima de hoje.

"Que tal este vestido?" Eu pergunto, mostrando-lhe a roupa de sua cômoda.

Ela sorri e arranca o tecido do meu aperto. "Se você quiser se vestir, eu vou me arrumar também."

Não sinto nenhuma hesitação, então saio pela porta adjacente e a fecho a maior parte do caminho.

Minha bolsa está no chão ao lado da cômoda. Não me incomodei em desempacotar minhas roupas ou os poucos pertences que possuo. Eu não estava de bom humor quando Leone trouxe minhas coisas para o meu quarto ontem à noite.

Não é como se houvesse muito para descompactar, também.

Abaixando-me, abro o zíper da minha mochila e pego um vestido floral amarelo e azul com mangas curtas e um buraco de fechadura na frente. É na altura do joelho e um dos meus vestidos confortáveis favoritos. Eu seguro as roupas íntimas que acompanham e vou para o banheiro, fechando a porta atrás de mim.

Mas não há bloqueio.

Excelente.

Espero que Nova não entre pela porta sem avisar.

Duvido que ela vá bater, e ela certamente não vai dizer uma palavra para me avisar que está entrando no banheiro.

Corro para tirar o pijama e deslizo o vestido pela cabeça, amarrando a frente para apertar o corpete do buraco da fechadura. O vestido é fofo, leve e abraça minha figura. Não que eu deva me importar. Não estou misturando negócios e prazer.

Eu corro meus dedos pelo meu cabelo antes de abrir a porta do banheiro.

Nova está sentada na beirada da minha cama, suas pernas chutando loucamente no ar. Ela está cantarolando uma canção de ninar e para abruptamente quando olha para mim.

Apanhada.

É o primeiro som que a ouço fazer.

Era uma música que sua mãe costumava cantar para ela, ou uma babá anterior?

Duvido que Moreno tenha cantado alguma canção de ninar para Nova. Ele não parece o tipo.

"Você está pronta para descer?" Eu pergunto.

Ela desce da cama, a única indicação de sua resposta. Nova não sorri. Não há sequer um leve aceno de compreensão. Mas eu sei que ela compreende cada palavra que eu digo.

Talvez apresentá-la à linguagem de sinais fosse benéfico para ela se comunicar. Embora eu não saiba muitas palavras, poderíamos aprender juntas.

Mas o fato de ela estar cantarolando uma canção de ninar, não posso evitar a sensação incômoda de que há mais do que Moreno está me dizendo.

Eu giro a maçaneta da porta do quarto, e ela se abre. Leone está montando guarda do lado de fora do meu quarto.

"Posso ajudar?" ele pergunta.

"Vou levar Nova para o café da manhã", digo. Eu não estou pedindo sua permissão. Esta é a casa dela, e ela deveria poder circular livremente por dentro. Além disso, a sala de jogos dela fica no andar de baixo, e não consigo imaginar que seremos forçadas a fazer todas as refeições no quarto no andar de cima.

Presumo que ontem à noite foi um aviso de Moreno por tentar tirar Nova da propriedade sem permissão.

Ele estava certo. Por mais que me mate admitir, eu estava com ela apenas algumas horas e não deveria ter planejado levá-la para o parque sem falar com seu pai.

"Muito bem, vou te mostrar a cozinha", diz Leone. Ele se dirige para as escadas.

Nova e eu seguimos, alguns passos para trás. Ela desliza a mão na minha enquanto descemos as escadas juntas.

Eu casualmente olho para ela e pego um leve sorriso puxando o canto de seus lábios. Boa. Pelo menos estamos nos dando muito bem.

Se ao menos o mesmo pudesse ser dito sobre seu pai e eu.

Leone me conduz pelo saguão e desce até à cozinha do lado oposto da casa. A cabana é vasta.

"Há quanto tempo você trabalha para Moreno?" Eu pergunto a Leone, tentando puxar conversa.

Ele olha por cima do ombro para mim enquanto entra na cozinha e acende a luz. Há uma mesa alta em madeira escura e rica com quatro cadeiras. A cozinha não foi feita para crianças, mas estou confiante de que Nova pode sentar lá se eu a ajudar a subir na cadeira.

"Você quer dizer Dante," Leone me corrige. "E já faz um tempo."

Enigmático, como sempre.

"Dante tem um chef na equipe. Ele estará aqui em meia hora para preparar um café da manhã farto, mas suponho que alguém mal pode esperar para comer? Leone pergunta, olhando para Nova.

Ela se esconde atrás das minhas pernas.

"Está tudo bem. Estou com fome também," digo. "Eu não me importo de cozinhar para nós duas."

"Faça isso, só não faça muita bagunça", diz Leone enquanto sai da cozinha e guarda a entrada da cozinha ao lado da entrada aberta.

Moreno está tão preocupado que eu vá fugir com sua filha que ele colocou uma guarda em mim?

"Você gosta de panquecas?" Eu pergunto a Nova e me viro para encarar a garotinha.

Ela abre a boca, os olhos arregalados como se estivesse prestes a falar, e então rapidamente fecha os lábios. As linhas rosadas de seus lábios estão fechadas e firmes. Nova dá um leve olhar em direção à porta e depois um rápido aceno de cabeça para responder.

Abro a despensa e mexo nela, satisfeita por encontrar uma mistura de panqueca. Pelo menos não terei que prepará-lo do zero. Pego um saco de gotas de chocolate.

"O que você acha, Nova? As gotas de chocolate vão em panquecas?" Eu mostro a ela a bolsa nova, e ela balança a cabeça e pula para cima e para baixo animadamente.

"Dentro", eu gesticulo com a minha mão. "Ou em cima?"

"O que estamos fazendo?" Moreno entra na cozinha e pega o saco de gotas de chocolate das minhas mãos.

"Café da manhã", eu digo, afirmando o óbvio.

Ele não parece nem um pouco divertido. "Com chocolate?"

"Já ouviu falar de panquecas?" Não é como se eu estivesse dando a ela uma barra de chocolate no café da manhã, embora o olhar de desgosto que cruza o rosto de Moreno possa sugerir isso.

Ele abre a despensa e coloca as gotas de chocolate de volta para dentro.

"O que você está fazendo?" Eu não posso acreditar que ele pensa que pode mandar em mim. Sim, ele é o pai dela e provavelmente sabe o que é melhor para ela, mas é um dia com panquecas de chocolate. Não deve ser um grande problema.

"Nova não está comendo chocolate no café da manhã." Ele abre a geladeira e tira uma caneca de mirtilos. "Coloque isso quando você misturar a massa."

Olho para Nova, carrancuda e de olhos arregalados, olhando para mim, a cabeça inclinada para o lado. Juro que ela está tentando me convencer a brigar com o pai para que ela coma chocolate, mas não preciso mais estar em apuros.

"Ótimo", murmuro baixinho com um sorriso falso. É tudo o que posso reunir. "Onde estão as tigelas?" Não sei onde fica alguma coisa na enorme cozinha e, embora a despensa seja óbvia, há dezenas de armários. As tigelas podem estar em qualquer lugar.

Moreno se abaixa e abre o armário ao lado da geladeira, pegando uma tigela de metal para eu misturar os ingredientes. "A prataria está nesta gaveta." Ele indica para a gaveta acima das tigelas. "E a espátula e o batedor estão aqui."

"Obrigado."

Ele abre a gaveta e me entrega um batedor antes de se recostar no balcão, cruzando os braços sobre o peito.

"Você quer que eu faça um café da manhã para você também?" Eu pergunto. Eu não tenho certeza por que ele está olhando. É estressante.

"Isso não é necessário. Chef Savino estará aqui em breve. Eu queria ter uma palavrinha com você a sós", diz Moreno.

Moreno abre a geladeira, pega uma jarra de suco de laranja fresco e um copo plástico do armário, trazendo-o para a mesa para Nova. Ele lhe serve uma xícara e dá um tapinha no topo de sua cabeça. "Você dormiu bem?"

Misturo os ingredientes na tigela, tentando não olhar para a interação entre Moreno e sua filha. Seus ombros estão apertados, seu corpo rígido.

Ela tem medo dele?

Ele suspira e dá a volta no balcão, empoleirando-se na beirada. "Eu acho que você pode estar certo, bem, parcialmente certo." Ele é rápido em esclarecer sua posição.

"Sobre?"

Moreno olha por cima do ombro para a filha. "Nova precisa de um dia no parque. Talvez interagir com outras crianças da idade dela fosse bom para ela.

Luca é um garoto doce, mas é um pouco mais velho."

Eu não posso deixar de sorrir. "Isso é bom. Ela precisa de alguns amigos," eu digo. Tenho a sensação de que ela não brinca com ninguém além de Luca, normalmente.

"Talvez", diz Moreno, "mas você tem que levar Leone com você."

"O que? Porquê?" Ele é louco? Leone vai assustar todos no parque, especialmente quaisquer amigos que Nova possa fazer.

"Ser empresário significa que minha família é facilmente um alvo. Não posso correr o risco de que algo aconteça com Nova. Você entende, não é?" Moreno pergunta.

Eu não entendo, mas sorrio e aceno. "Sim claro." Se ele quer que eu deixe algum guarda ir junto, tudo bem.

"Leone levará você ao parque e a qualquer outro lugar que você ache educativo", diz Moreno. "Quero que minha filha tenha uma educação completa antes que a escola comece."

Largo a colher na tigela e me aproximo de Moreno. Algo parece errado. Como se ele estivesse se esforçando demais.

"O que está acontecendo?" Eu encaro seu olhar escurecido, sem vontade de desviar o olhar. Se estou cuidando da filha dele, ele precisa me dizer a verdade. Não posso ficar cega e arriscar que algo aconteça com ela.

Moreno limpa a garganta e sai para longe de mim. "Nada com que você precise se preocupar, Babá."

Eu zombo baixinho. "É Paige," eu o corrijo. "A menos que você prefira que eu o chame de pai ou empresário de Nova?"

Sua mandíbula está apertada, e ele enfia as mãos nos bolsos da calça. Ele já está vestido para o dia, terno e gravata. "Percebido."

Quando ele não divulga mais nada, eu recuo e volto para a tigela. Eu coloco um punhado de mirtilos. "Você vai me dizer porquê a mudança repentina de opinião?"

Ele me encara fixamente, como se não tivesse ideia do que estou falando.

"Permitindo que eu levasse Nova ao parque. Ontem, você estava cem por cento contra. Hoje, você está nos deixando ir, com um acompanhante, praticamente onde quisermos." É difícil não achar estranha a mudança repentina em seu comportamento.

Ele limpa a garganta e evita seu olhar, seu foco no chão ao lado de onde estou. "Marquei para Nova ver uma médica nesta sexta-feira. Estou apenas tentando antecipar as coisas."

Médica?

Moreno pega uma frigideira de outro armário abaixo e pega o óleo, me dando uma mão.

Talvez ele esteja apenas usando isso como uma distração, mas agradeço a ajuda.

"Está tudo bem? Se ela tem algum problema de saúde, Moreno, preciso ficar informada sobre quaisquer problemas, alergias, qualquer coisa que possa afetá-la enquanto estivermos juntas.

"Não é esse tipo de médica", diz ele, mantendo a voz baixa e apenas entre nós dois.

Não tenho certeza se sei onde ele quer chegar com essa conversa.

"Recomendaram-me uma psicóloga infantil e achei que seria bom ter alguém com quem ela pudesse conversar." Moreno estremece com sua escolha de palavras.

"Oh. OK. Isso é bom," eu digo, tentando oferecer meu apoio.

"De qualquer forma, tenho certeza de que ela vai sugerir que ela tente fazer amigos, se envolver com outras crianças da idade dela, esse tipo de coisa. Eu posso muito bem deixar você levá-la ao parque."

Respiro aliviada. "Obrigada."

Moreno empurra os calcanhares para a frente e passa por mim, a conversa terminada. "Nova prefere que suas panquecas sejam do tamanho de moedas."

"Obrigado."

Ele sai da cozinha sem dizer mais nada.

Eu desligo o fogão e trago a massa. "Moedas", eu levanto um dedo, "ou panquecas do Mickey Mouse?" Eu pergunto a Nova, levantando um segundo dedo.

Ela levanta dois dedos e depois coloca as mãos na cabeça para fazer as orelhas do Mickey.

"Você quer pedaços de chocolate por cima?" Eu pergunto a Nova, já sabendo a resposta.

Moreno não está por perto. O que ele não sabe não vai machucá-lo.

Os olhos de Nova se iluminam. Com o maior sorriso, ela aponta para o armário onde seu pai colocou as gotas de chocolate.

Além disso, não é como se ela fosse dizer alguma coisa para ele.

NOVE
PAIGE

DEPOIS DO CAFÉ DA MANHÃ, Leone leva Nova e eu ao parque. É uma boa distância da cabine pitoresca e da paisagem deslumbrante.

Embora não estejamos perto de uma cidade grande, há um parque, playground e algumas lojas do outro lado da rua. Estamos tão perto do "centro" quanto de Breckenridge.

Eu pego um assento no banco de madeira vazio e observo de perto Nova enquanto ela corre em direção à caixa de areia.

"Você não precisa me seguir", digo a Leone. Ele está se erguendo atrás de mim. Eu posso sentir sua presença, e não apenas porque ele está bloqueando o sol.

Gosto mais da luz do sol, do ar quente, do fato de ser verão. Não vai durar muito mais tempo, o bom tempo.

O inverno em Breckenridge é brutal. Não estou nem um pouco entusiasmada por isso, embora a ideia de levar Nova a andar de trenó seja um pouco atrativa.

"Eu devo ter certeza de que Nova está segura."

Olho por cima do ombro para o guarda vestido com um terno elegante. "Você se destaca. Vá até lá." Eu gesticulo para o lado oposto do parque.

"Porquê?" Leone pergunta. Ele tira um par de óculos de sol do bolso do peito. Como se isso o fizesse parecer calmo e discreto.

Agora ele parece um esquisito no parque.

"Gostaria de conhecer outras babás ou mães para que Nova possa fazer alguns amigos. Com você pairando, ninguém vai vir aqui."

Ele provavelmente está pendurado no meu ombro para que as mães não liguem para a polícia denunciando um pervertido vigiando seus filhos.

Não posso culpá-las. Eu seria a primeira a ligar.

Na verdade, talvez se eu conseguir afastá-lo de mim, eu possa telefonar para fazer uma denúncia anônima.

É cruel, mas já estou cansada de um acompanhante. E eu não estou atraída por ele, então qualquer fantasia de guarda-costas é inexistente.

Moreno tem mais jeito de guarda-costas e protetor do que Leone.

Talvez sejam as tatuagens que Moreno tem que lhe dão a vibe de bad boy.

Eu não deveria estar atraída por ele, mas estou.

Leone dá a volta no banco e cruza os braços sobre o peito enquanto se aproxima da entrada do parque.

Boa. Pelo menos eu tenho alguns minutos para mim.

Nova se levanta da caixa de areia e sobe correndo as escadas até o escorrega. Ela não parece nem um pouco assustada. Quando ela está jogando, ela aparece nem se importar com o mundo.

É assim que deve ser.

Sempre.

"Este assento está ocupado?"

"Por favor", eu digo e gesticulo para o assento vazio ao meu lado no banco.

Suas duas meninas arrancam para os balanços. Elas são um pouco mais velhas que Nova, mas ainda estão no ensino fundamental. Pelo menos estariam se não fosse verão.

Luca tem a sorte de estar envolvido no acampamento de verão durante a semana, o que o mantém fora de casa e ocupado com outras crianças de sua idade.

"Eu sou Paige," eu digo, me apresentando para a morena sentada ao meu lado.

"É um prazer conhecê-la, Paige. Eu sou Ariela. E essa é Olivia," ela diz, apontando para a mais nova de suas duas filhas, "e Izzie. Deixe-me adivinhar. Você é a nova babá da família Ricci."

Era tão óbvio que eu sou novata aqui? "Como você sabia?"

"O guarda-costas é meio que uma óbvia pista", diz Ariella com uma risada. "Quero dizer, eu entendo. Você deveria ter alguém te seguindo, especialmente depois do que aconteceu com a mãe dela."

Minha boca está seca e, embora queira olhar para Ariella, não consigo tirar os olhos de Nova. O sol da tarde está sufocante e o suor cobre minha testa. "O que você quer dizer?" Eu sufoco.

Moreno não havia mencionado a mãe de Nova, e eu não queria bisbilhotar. Não era da minha conta.

"Merda", Ariella murmura baixinho. "Eu não quero te preocupar. Tenho certeza de que você e Nova ficarão perfeitamente bem."

"Você conhece Nova?" Eu pego um olhar de soslaio para Ariella. Ela está mordendo o lábio inferior e não parece nem um pouco satisfeita por ter aberto a boca.

Bem, agora ela não pode simplesmente fechá-la.

"O que aconteceu com a mãe dela?" Eu pergunto. "Moreno nem sequer a mencionou."

Ariella olha para Leone e depois para o parquinho. "Não posso dizer com certeza. Ela desapareceu e apareceu morta no rio. Eu nem diria nada, mas você deve saber com o que está se envolvendo. Quem é a família Ricci. Nova é uma garota doce, mas tenho a nítida sensação de que ela precisa de alguém para cuidar dela."

Moreno era empresário. Certo? Tragicamente, sua esposa faleceu, mas isso não negou o fato de que ele precisava de alguém para cuidar de sua filha. "Foi por isso que Moreno me contratou."

"Claro", diz Ariella.

Leone tira os óculos escuros e caminha em nossa direção.

"Ouça, vou te dar meu número. Se você precisar de alguma coisa, ligue, mande mensagem, não importa a hora do dia ou da noite."

"Isso é muito gentil de sua parte", eu digo.

Ela pega um pedaço de papel de sua bolsa e rabisca seus dígitos antes de enfiá-lo na minha mão. "Nova é uma boa criança. Ela merece muito melhor do que a mão atual que recebeu. Ela costumava tagarelar sobre borboletas e fadas. Muito doce."

Nova não falava.

Pelo menos foi o que seu pai disse.

Por que Moreno estava mentindo?

Ariella não tem motivos para mentir para mim e o fato de ela estar cantarolando uma canção de ninar, mostra que algo está errado.

O que tinha acontecido que fez Nova se recusar a falar?

DEZ
MORENO

"CHEFE," Leone interrompe Dante e eu enquanto discutimos nosso último carregamento de armas.

A mercadoria está atrasada de novo, e começo a suspeitar que os DeLucas estão interferindo, mas ainda não tenho provas disso.

"Entre." Dante gesticula para ele entrar em seu escritório.

Estou situada em frente a Dante enquanto ele está sentado atrás de sua mesa.

"O que podemos fazer por você?" pergunta Dante. "Tudo correu bem hoje com a nova babá?"

"Eu queria falar com Moreno sobre o que aconteceu no parque." Leone entra no escritório e fecha a porta atrás de si. O quarto é à prova de som, oferecendo privacidade absoluta.

Eu engulo o nó na minha garganta. "Nova teve algum problema com uma das outras crianças?" Ela não esteve perto de muitas crianças. Se eu não contar com Luca, ela não esteve com os filhos de mais ninguém desde o incidente.

"Não era Nova", diz Leone. "Havia uma mulher com longos cabelos escuros. Ela estava conversando com a babá por alguns minutos. Não a reconheci, mas tenho a nítida impressão de que ela sabia quem éramos."

"Bom", eu digo e dou um mero encolher de ombros.

Trabalhamos duro para ganhar nossa reputação. Como segundo de Dante, estou orgulhoso da Família Ricci e do que conseguimos alcançar nos últimos anos.

"Vamos ouvi-lo", diz Dante, sugerindo que eu deixe o chefe tomar as rédeas.

Por mim tudo bem.

Ele é chefe.

Leone enfia as mãos nos bolsos da calça. "Não tenho mais nada a relatar. Elas conversaram por alguns minutos, trocaram números, ao que parece, e então me aproximei das duas, o que acabou com qualquer coisa além de bate-papo."

"Eu não vejo o problema", eu digo e cruzo as mãos atrás da cabeça.

Dante me lança um olhar. "O problema é que Serene costumava levar Nova ao parque. As mães vão fofocar sobre por que a tigrinha tagarela de repente perdeu a voz."

Eu não sou um idiota. Percebo que alguma vez isso seria dito a Paige, e eu só esperava que não fosse na primeira semana de seu emprego.

Eu nem queria deixá-la ir ao parque. Dante e Nikki tinham incentivado a ideia de Nova consultar um psicólogo infantil, o que me encorajou a dar mais liberdade às duas meninas.

Isso foi um erro.

Eu limpo minha garganta e sinto seus olhares duros. "Eu vou lidar com isso."

"Tenho certeza que você vai", diz Dante com perplexidade. "Posso sugerir que você converse com ela em algum lugar com muito espaço aberto?"

"Porquê?" Eu não entendo onde ele está indo com essa linha de pensamento.

"Ela vai se sentir presa quando perceber o golpe em nossa família. Leve-a para um lugar seguro, remoto, mas romântico.

Eu bufo sob minha respiração. "Você está tentando me juntar com a babá?"

Dante gesticula para que Leone nos deixe em paz.

Eu preferiria que Leone não saísse agora, mas Dante é o chefe. O que ele diz acontece.

Exceto que eu não vou foder a babá porque Dante acha que eu deveria.

"Faz quase um ano desde que sua esposa morreu. Acho que você merece um pouco de felicidade, e se isso envolve deixá-la cair de joelhos para te chupar, então não vejo problema."

"Você tem que ser tão grosseiro?" Eu corro a mão pelo meu cabelo, desconfortável com a discussão. Eu não estou procurando por sexo sem compromisso. Eu tenho uma filha.

Eu preciso de uma mãe mais do que preciso de uma esposa agora.

Mas não vou me casar com a babá ou transar com ela. Embora o pensamento tenha passado pela minha cabeça.

Como não poderia? Ela é perfeita, cada curva é bem pronunciada, e ela anda com confiança, deixando-a ainda mais sexy.

"Eu só acho que você ficaria muito mais feliz se estivesse transando", diz Dante enquanto seus lábios se curvam em um sorriso.

Ele não está errado, mas não posso seguir esse caminho com Paige. É perigoso por vários motivos.

"Você não acreditaria em todas as coisas que Nikki e eu fizemos. Eu sempre pensei que ter um filho diminuiria a libido, mas caramba, é como se toda semana ela quisesse tentar algo novo."

"E você está reclamando?" Eu não acredito nele. Ele acende sempre que Nikki entra na sala.

"Não", ele diz e ri. "Estou feliz e quero que você também seja feliz. Você não precisa foder a babá. Há muitas outras gatas no bar."

"Eu não vou a um bar ou clube." Eu era muito velho para perseguir bundas, mesmo que Dante fosse o dono do lugar. Não era meu estilo. Eu não gosto de beber, e me sinto deslocado com todos os outros bêbados.

"Certo. Máfia direitinha, quem teria pensado?" Dante provoca.

Eu quero bater nele, mas é só porque somos uma família. Eu amo o cara e o odeio ao mesmo tempo.

Família.

———

Eu afrouxo minha gravata e vou para o meu quarto, mas não antes de passar pelo quarto de Paige. Está tarde. A porta está fechada e Leone está de guarda.

"Você nunca dorme?" Eu brinco com ele.

Ele parece um inferno. Não imagino que ela esteja facilitando a vida dele.

"Dante me disse para ficar até Rhys voltar."

"Que sortudo. Algum problema?" Não espero nenhum problema, mas Leone não vai mentir para mim, enquanto não tenho certeza se Paige me diria a verdade sobre o comportamento de Nova.

Leone revira os olhos. "Silencioso como um rato. Esperava outra coisa, Moreno?"

Eu olho para o meu relógio. Já passou o tempo de Nova ir para a cama. Passo pelo quarto de Paige e viro silenciosamente a maçaneta do quarto de Nova. A porta se abre sem sequer um rangido.

Há uma luz noturna ao lado da cama que lança um brilho quente nas feições adormecidas de Nova. Vou na ponta dos pés até o quarto dela, ajeito o cobertor que está meio espalhado no colchão e me curvo para beijar sua bochecha.

Ela não mexe. Nova está com frio.

A porta do quarto adjacente está escancarada, e atravesso o quarto em direção aos aposentos da babá. O quarto dela está escuro. Não espero que ela esteja acordada. Eu realmente não deveria estar enfiando minha cabeça no quarto dela, mas não consigo me conter.

Um olhar, e ela está olhando para mim com aqueles olhos verdes.

Apanhado.

Ela tem um leitor de e-book nas mãos, o brilho suave ilumina suas feições e ela coloca o tablet na cama.

"Senhor?" Paige se senta mais reta na cama, puxando as cobertas ao redor de si mesma.

Eu limpo minha garganta. Eu não esperava que ela estivesse acordada. As luzes do quarto estavam apagadas, mas isso provavelmente era para ajudar Nova a dormir e não a perturbar.

Eu deveria recuar da entrada do quarto dela, mas meus pés me traem. Eu gentilmente fecho a porta ao lado enquanto me aproximo de sua cama, deixando nós dois completamente sozinhos.

"Eu queria perguntar como Nova está indo. Vocês duas foram ao parque esta tarde. Deveríamos ter essa conversa sozinhos de manhã ou enquanto estamos vestidos. Não quando Paige está pronta para dormir.

Ela não parece se importar. Ou se ela faz, ela é educada o suficiente para não abordar o fato de que eu entrei sem avisar. É seu único tempo livre e eu sou o bastardo roubando isso dela.

Paige alcança o abajur de cabeceira e liga o interruptor. Ela ajusta os olhos por um momento para a luz brilhante.

Nós dois o fazemos.

Eu me empoleiro na beirada do colchão. Não pergunto a ela se posso sentar.

Ela acendeu a luz para indicar que está disposta a falar comigo. Esse é todo o incentivo que eu preciso.

"Você está perguntando porque quer saber como sua filha está, ou é sobre a garota que conheci no parque?"

ONZE
PAIGE

EU PROVAVELMENTE NÃO DEVERIA TER FALADO SOBRE conhecer Ariella no parque, mas tenho certeza de que Moreno já sabe que nos conhecemos. Não é por isso que ele manda seus homens nos seguirem?

Não há um momento de privacidade dentro ou além dessas quatro paredes.

Seus olhos apertam, e eu puxo as cobertas mais apertadas em torno de mim. Minha camisola é muito fina para seu olhar aquecido. Eu deveria ter usado moletom para dormir, algo menos sugestivo e revelador.

"Você tem o hábito de visitar todas as suas babás durante a noite entrando no quarto delas?"

Uma escuridão paira sobre ele com minhas palavras. Eu atingi um nervo?

"Sempre fui fiel à minha esposa", berra Moreno. Suas palavras me atingiram como um tapa no meu rosto, e ele se levantou.

Eu o insultei.

Bem, ele provavelmente não deveria ter entrado no meu quarto sem avisar.

Ele precisa aprender um pouco de respeito. Só porque eu trabalho para ele, não significa que ele é meu dono. Ele não pode simplesmente entrar no meu quarto sem permissão.

"Desculpe", peço desculpas. "Mas não podemos ter essa conversa amanhã?" Olho para o relógio. É pouco depois das nove horas. Não é tão tarde assim. Estou na cama cedo porque entreter Nova é cansativo.

Não que eu queira admitir isso para Moreno.

"Não." Seu tom é cortado. "Vista-se e me encontre lá embaixo."

Moreno se levanta sem dizer nada e sai do meu quarto pela porta principal.

O que diabos aconteceu?

Sento-me e olho para a porta por alguns segundos antes de me empurrar para fora da cama e atender ao seu pedido. Por que preciso me vestir?

Resmungo baixinho e pego um moletom e uma camiseta.

Não vamos a lugar nenhum, certo?

Corro para o banheiro, me visto e então saio silenciosamente do quarto.

Estou surpresa e aliviada por não haver um guarda do lado de fora da porta. Talvez Moreno esteja começando a confiar em mim. Estou assistindo a filha dele.

Eu desço o corredor, e ele está esperando por mim na parte inferior da escada.

"Demorou bastante." As sobrancelhas de Moreno franzem. "Essa roupa não serve. Volte e vista algo que você usaria fora de casa."

Eu olho para minhas roupas confortáveis. "Eu usaria isso", murmuro baixinho. Não é exatamente elegante ou fofo, mas precisa ser?

Ele ainda está em seu terno preto meia-noite que ele usava hoje, terno, gravata e tudo.

Estou prestes a agir como sua filha e fazer birra, mas em vez disso exalo uma respiração pesada.

"Tudo bem." Volto para o quarto e fecho a porta.

Não tenho nada super chique além do meu terno de entrevista, e não vou usar isso para o que ele planejou.

Passos estão subindo a escada. Moreno deve estar subindo.

Ele pretende me ajudar a escolher algo?

Porquê?

Pego uma saia preta na altura do joelho e uma blusa vermelha escura. Não sei do que se trata todo o alarido. Moreno tem um pedaço de pau enfiado na bunda.

Eu rio e, com um sorriso malicioso, troco de roupa rapidamente no banheiro. Quando abro a porta do quarto, Moreno fica do lado oposto e me olha de cima a baixo.

É bastante evidente que ele aprova.

Seu olhar no meu corpo traz um calor proibido às minhas bochechas.

"Onde estamos indo?" Eu pergunto, fechando a porta atrás de mim.

Ele me leva escada abaixo até o saguão, onde calço meus sapatos. Ele pega as chaves de seu veículo.

"Achei que você poderia sair à noite, e é uma oportunidade para nos conhecermos. A menos que você tenha outros planos?"

Eu rio baixinho enquanto deslizo em meus saltos pretos. "Você quer dizer além de ler antes de dormir?" Gosto da minha rotina noturna, mas sair também não é uma má decisão. Quero saber mais sobre a mãe de Nova, e que pessoa melhor para me contar do que Moreno?

Ele abre a porta da frente e me leva para fora de seu carro esporte chique.

"Bom carro", eu digo. Eu segui seu SUV no outro dia até a cabana. "Você tem mais de um carro?"

Moreno aperta os botões para destravar a porta do passageiro e abre para mim. "Este é o carro do chefe, mas eu gosto de pegar emprestado sempre que posso."

Bem, pelo menos ele é honesto.

Moreno espera que eu entre antes de fechar a porta atrás de mim.

"Obrigado", eu digo e aperto o cinto enquanto ele se apressa para o lado do motorista.

Eu me sinto estranha, como se isso fosse um encontro. Exceto que não deveria ser nada mais do que um chefe e sua empregada saindo.

Eu não deveria estar fazendo isso, misturando negócios com prazer, mas talvez eu esteja interpretando mal as suas intenções?

Ele não está interessado em mim.

Moreno não deu nenhuma indicação de que gosta de mim.

Ele me tolera, mas essa é a extensão de seu desejo por mim.

Eu cuido da filha dele, e qualquer gentileza que ele está mostrando é por causa de Nova.

"Onde estamos indo?" Eu pergunto novamente, relaxando enquanto o motor ronrona e nós entramos na estrada, e os portões são abertos antes mesmo de nos aproximarmos.

"Vamos tomar umas bebidas. Você bebe?"

"Sim", eu digo.

O carro é manual, e Moreno engata as marchas enquanto descemos a estrada. Meu estômago é um emaranhado de nós.

Ele reduz a marcha à medida que descemos a estrada. O pôr do sol é no final do verão, e o céu ainda está iluminado, e já passa das nove da noite. "Eu esqueci quanto tempo o céu fica claro aqui", eu digo.

"Sim, acho que fica muito tempo. Odeio admitir que não notei. Geralmente fico trancado em casa na maioria das noites." Moreno me olha brevemente antes de voltar sua atenção para a estrada.

"Dante mantém você ocupado?"

Seu aperto aperta o volante.

"O trabalho me mantém ocupado", diz Moreno.

"Você nunca me disse o que você faz para viver." Duvido que ele se abra para mim, mas vale a pena tentar.

Moreno se mexe na cadeira. Ele pega a gravata e a puxa para soltar o tecido. "Você está com calor?" ele pergunta e liga o ar condicionado.

Está um pouco quente, mas não me incomoda.

O suor está grudado em sua testa, e não tenho certeza se é minha pergunta ou o ar quente de agosto assando o carro.

"Sinta-se à vontade. É o seu carro," eu digo.

"Sim", diz ele e ajusta o termostato do veículo.

Ele ainda não respondeu minha pergunta. Não vou deixar passar. Ainda não. "Você ia dizer o que você faz para viver."

"Sou homem de negócios."

Críptico. Eu poderia ter adivinhado essa resposta com base em seu terno. Ele está bem vestido e elegante. É óbvio que ele não é um corretor de imóveis, e eu não o vi fora de casa tempo suficiente para ser advogado.

"Isso é como um código para um assassino", brinco.

Moreno me lança um longo olhar de lado.

Merda.

Ele não parece nem um pouco divertido com minha observação.

"Espera. Você não mata realmente pessoas para viver?" Meu estômago afunda, como se estivesse prestes a bater no chão.

"Não sou um assassino contratado", diz Moreno.

Respiro aliviada. "Ah, bom. Eu odiaria ter que explicar a Nova o que o pai dela faz da vida.

Ele rola as engrenagens de volta enquanto saímos da cidade.

"Eu pensei que estávamos indo para bebidas", eu digo.

"Você faz muitas perguntas."

Enigmático como sempre.

Onde diabos ele está me levando?

DOZE
MORENO

ASSASSINO DE ALUGUEL? Ela disse que acha que eu mato pessoas para viver? Estou cansado, mas não imaginei a pergunta dela.

A menina causa problemas.

Porra.

Sim, eu matei homens, mas não é como se eu tivesse me inscrito para matar um delator. Faz parte da responsabilidade de ser um segundo de Dante.

Não que a babá bonita precise saber disso. É melhor se ela for mantida no escuro. É mais seguro para ela e minha família.

"Onde estamos indo?" Paige pergunta novamente, e desta vez há um tremor em sua voz.

"Eu te disse, bebidas." Não é como se eu bebesse. Eu fico longe da bebida, mas estou acostumado a ser a acompanhante de Dante. Pelo menos quando ele costumava sair e pegar garotas bonitas. Isso foi antes de conhecer Nikki e engravidá-la.

Eu não vou cometer esse mesmo erro.

Não que Dante não esteja feliz, ele está loucamente apaixonado pela garota com quem dormiu, mas foi contra seu bom senso dormir com a filha de seu inimigo.

Eu pelo menos tenho um pouco de classe.

Eu não planejo dormir com a babá.

Eu olho para ela com o canto do meu olho e então volto minha atenção para a estrada. O carro parece abafado e, embora eu já tenha afrouxado minha gravata, isso não faz o suficiente para esfriar o veículo.

"Você é sempre tão enigmático?" Pergunta Paige.

O tremor desapareceu de sua voz. Suas mãos estão posicionadas em seu colo. Ela parece calma e serena.

É um ato?

Ela pode ver através de mim e do tipo de homem que eu sou?

"Vem com o trabalho de trabalhar para Dante", eu digo e rio baixinho. Ela não tem ideia dos segredos que sou forçado a guardar.

"Como eu disse, enigmático." Ela olha para mim, e eu me sinto ainda mais quente sob seu escrutínio.

Esta noite, trata-se de colocá-la na berlinda, não o contrário. Como diabos ela consegue emaranhar minhas entranhas em um nó?

Tinha que ser o simples fato de que ela parece gostosa naquela roupa.

Talvez eu devesse tê-la deixado usar calça de moletom e uma camiseta hoje à noite para não a despir em minha mente.

Não transo desde a morte de Serene. Dormir com qualquer outra mulher parecia errado, como trair minha esposa.

Mas ela está morta, e eu tenho sido um desgraçado miserável por muito tempo.

Quero apenas um gostinho da fruta doce e proibida.

Paige está fora dos limites. Ela é a babá da minha filha, mas isso não me impede de gostar de estar perto dela. E imaginando como seria beijá-la, tocá-la e dirigir meu pau dentro dela.

"Estamos quase no lugar", eu digo e saio da estrada principal para uma boate. É discreto para o meio da semana, sem muitos clientes.

Perfeito.

Dante é dono de alguns clubes e bares em Breckenridge e fora da cidade. Optei pela localização mais esquiva e mais elegante, Spring Valley. Paige me parece o tipo de garota que gosta de beber e jantar.

Eu paro na frente, entregando as chaves para o atendente de plantão. "Senhor, é bom vê-lo novamente."

Ofereço-lhe as chaves e uma nota de vinte, e o rapaz me entrega uma passagem para o manobrista. Não que eu precise. Todo mundo que trabalha aqui sabe quem eu sou. Enquanto Dante é dono do clube, eu ajudei a gerenciá-lo, lidar com as contratações e lidar com os problemas que surgem de tempos em tempos.

Paige levanta uma sobrancelha curiosa e se inclina para mim. Seu corpo roça contra o meu enquanto ela se inclina para sussurrar em meu ouvido: "Eu não posso acreditar que você os deixou pegar no seu carro."

"O carro de Dante," eu a corrijo com um sorriso malicioso.

"Senhor", o segurança dá o aceno de cabeça e abre a porta de nós.

Eu envolvo meu braço em volta da cintura de Paige enquanto a conduzo para dentro, passando pelo segurança, reivindicando-a como minha. Se ele sequer olhar para ela do jeito errado, ele está morto.

O segurança não pede nenhuma de nossas identificações. Ambos parecemos ter já passado há muito dos vinte e um anos, e ele também não vai me incomodar se quiser manter seu precioso emprego.

Seus olhos percorrem o interior do clube. A música pulsante reverbera contra as paredes enquanto eu a levo de volta para a sala VIP.

"Que chique", diz ela enquanto eu afasto a cortina de veludo de veludo.

Eu seguro a cortina de volta para que não fiquemos escondidos. Não há muitos convidados esta noite, e eu não a trouxe aqui para fodê-la. Se eu quisesse fazer isso, poderíamos ter feito no quarto dela.

Há um sofá comprido e uma mesa de vidro situadas no chão. Sento-me e Paige se senta ao meu lado, mas deixa um amplo espaço entre nós.

Eu deveria tê-la deixado sentar primeiro para que eu pudesse chegar mais perto. Vou corrigir esse erro antes que a noite acabe.

Inferno, antes que ela termine sua primeira bebida da noite.

A mais nova contratada, Ashlee, que mal aparenta ter 21 anos, vem em nossa direção. "Posso pegar as duas bebidas?"

"Long Island Iced Tea," Paige diz.

"Eu vou ter o meu costume", eu digo.

Ashlee dá um breve aceno de cabeça e um sorriso e sai correndo da sala VIP. Ela é baixinha e loira, fofa, mas não faz o meu tipo. Ashlee é muito jovem. Eu prefiro uma mulher com mais experiência de vida do que recém-saída do ensino médio e ansiosa para agradar a qualquer homem que ela possa colocar suas garras.

Eu me mexo no sofá, virando-me para Paige, e descanso meu braço nas costas da cadeira. Eu posso facilmente acariciar seu pescoço se eu deixar meus dedos vagarem, mas eu não o faço.

Ainda não.

É tentador, mas ela não é minha.

Pelo menos ainda não.

Eu quero fazê-la minha e ouvi-la implorar para que eu lhe dê prazer.

"Vamos conversar", eu digo enquanto olho para o olhar hipnotizante de Paige. "Você conheceu uma mãe no parque."

Deixe-a pensar que estou tentando fazer conversa fiada.

Ashlee volta rapidamente com nossas bebidas e as coloca na mesa de vidro. Eu me inclino para pegar minha Coca-cola e, no processo, me aproximo de Paige.

"É por isso que você me trouxe para fora? Para me embebedar para que eu falasse com você sobre Ariella?" Ela pega sua bebida e leva o copo aos lábios.

Eu dou um sorriso de lado. "Você me descobriu."

O que eu quero saber é o que aquela pirralha Ariella disse a Paige sobre minha família.

Não deixo transparecer que pretendo ficar completamente sóbrio e, embora não tenha intenção de tirar vantagem física dela, vou fazer com que ela me conte tudo.

"Sim, bem, não foi tão difícil", diz Paige. Ela toma um gole de sua bebida antes de colocar o copo de volta na mesa. "E sim, eu conheci uma mãe no parquinho. Não é uma surpresa. Embora eu tenha algumas perguntas para você."

"Eu não esperaria nada menos", eu digo. Quanto ela contou a Paige sobre a família Ricci?

Não sei muito sobre Ariella, mas estou descaradamente ciente de que ela é casada com um daqueles companheiros da Eagle Tactical, um verdadeiro pé no saco.

Isso significa que a nova amiga de Paige precisa ser mantida longe do complexo para seu próprio bem. Eu odiaria ter que arruinar uma amizade inocente com uma bala.

TREZE
PAIGE

MEU LONG ISLAND ICED TEA é doce e forte ao mesmo tempo. O lugar não dilui seu licor.

Eu deixo meus saltos escorregarem dos meus pés e coloco minhas pernas em baixo de mim no sofá macio, me virando para encarar Moreno.

Ele não vai deixar o encontro entre Ariella e eu passar. Seu guarda-costas estúpido é um rato, no que me diz respeito.

"Ninguém disse nada sobre a mãe de Nova." Estou tentando pisar com cuidado sobre um assunto delicado. Não quero que Moreno saiba que aprendi algo específico na minha conversinha com Ariella. "Onde ela está?" Eu pergunto. Minha voz é suave.

"Eu não vejo como isso é da sua conta."

Pego minha bebida, querendo sentir um leve zumbido para me ajudar a relaxar. Moreno é dominador, e imagino que ele não seja apenas um chefe mal-humorado para mim.

Ele é mal-humorado na cama também?

"Estou cuidando de Nova. Isso me ajudaria a me relacionar com ela e entender melhor sua situação se eu conhecesse toda a história."

Ele deve admitir que eu não estou errada. Se sua filha costumava falar, então ele não gostaria que ela falasse novamente? Que tipo de pai não quer o melhor para seu filho?

Se eu empurrar muito forte, ele é obrigado a recuar, ou pior, atirar na minha bunda.

"A mãe dela não está cá."

"Que surpresa", murmuro baixinho.

O olhar de Moreno é sombrio e me dá um arrepio na espinha.

"Com licença?" ele berra.

Minha boca parece uma lixa, e eu alcanço meu copo, desesperada por outro gole – algo para saciar minha garganta ressecada.

"Minha esposa, Serene, foi assassinada, mas suponho que você já sabia disso pelo sua amiguinha."

Eu tomo o resto da minha bebida e coloco o copo vazio na mesa. "Eu sinto muito."

"Sente mesmo, é que tenho a sensação de que você tem mais vinte perguntas para acompanhar essa?"

Ele não está errado, mas agora me sinto uma merda perguntando a ele sobre sua esposa morta, o que aconteceu e fingindo que não estava ciente o tempo todo. "Eu realmente sinto muito. Eu não queria te chatear."

Eu alcanço seu braço e descanso minha mão em cima de seu paletó. Me sinto nua de blusa e saia em comparação com todas as camadas que Moreno usa.

Sua testa está franzida e seus lábios estão apertados. "Eu amei Serene. Eu ainda a amo, mas ela não está mais aqui, e nos contentamos com o que recebemos."

Moreno pega sua bebida e se levanta, levando-a com ele, deixando-me comendo poeira enquanto caminha em direção ao bar.

Merda.

Eu não quis ofendê-lo. Eu escorrego para trás em meus calcanhares e pego meu copo. Saio da cabine VIP e desço em direção ao andar principal, onde fica o bar.

Moreno se inclina para frente, com as mãos entrelaçadas no bar enquanto fala com Ashlee. Eu só posso imaginar o que eles estão falando. Eu quero correr na direção oposta.

Devo dar-lhe espaço?

Tudo dentro de mim está gritando para voltar a sentar.

Mas minhas pernas me traem quando dou um passo à frente, um pé na frente do outro.

Eu tenho de fazer alguma coisa. Só não tenho certeza do quê.

Moreno é meu chefe. Se eu não conseguir consertar isso, estou realmente ferrada. Não é como se depois do meu turno de trabalho eu pudesse ir para casa, relaxar e fugir do trabalho.

Eu moro com o homem. E enquanto não compartilhamos um quarto, vivemos sob o mesmo teto.

Isso está complicado.

Eu intencionalmente dou um passo um pouco mais alto quando me aproximo, meus saltos batendo nas tábuas de madeira do piso, mas a música está muito alta para ele perceber.

"Eu nunca vi você pedir uísque", diz Ashlee enquanto lhe serve um copo fresco. "Inferno, eu nunca vi você pedir álcool."

Os olhos de Ashlee se arregalam, e então ela se afasta para nos dar privacidade.

Não tenho certeza se devo agradecê-la por ir ou pedir-lhe para voltar para manter as coisas civilizadas entre mim e Moreno.

"Podemos falar sobre Nova?" Minha voz é suave, gentil e não ameaçadora. Eu não quero brigar com ele. Eu sinto que ele é uma bomba-relógio e vai explodir a qualquer segundo.

Seu silêncio me assusta mais do que tudo.

Ele engole sua bebida e gesticula para a bartender de volta. "Apenas deixe a garrafa."

Ashlee pega o uísque da prateleira de cima e o deixa no balcão antes que ela esteja fora de vista e ao alcance da voz.

"O que você quer saber?" Moreno pergunta, mas sua pergunta soa mais como uma acusação, e tenho a leve suspeita de que se perguntar o que estou desesperada para descobrir, não vai acabar bem.

"Percebi que ela não tem amigos."

Ele abre mão do copo para o segundo gole de uísque e leva a garrafa aos lábios. "Ela tem Luca."

"Ele tem quase seis anos", eu o lembro. "Ela precisa de amigos da idade dela."

Ele se vira rapidamente para me encarar, e eu posso sentir um calor inundar através de mim com sua proximidade. Não para por aí.

Não, ele se aproxima, me forçando a dar um pequeno passo para trás, exceto que ele agarra meu quadril e me prende entre ele e o bar.

Eu inalo uma respiração afiada.

"Eu deixei você levá-la ao parque." Não há bondade em suas palavras e nenhuma quantidade de calor em seu olhar escuro e severo que se eleva para mim.

Eu não o afasto.

Talvez eu devesse sair para tomar um ar fresco. O pensamento chacoalha pelo meu cérebro, mas desaparece quando ele pousa seus lábios nos meus.

Sua respiração é quente, ardente. Suas mãos puxam meus quadris, me apertando contra ele. Ele é duro e exigente, mas eu recebo sua força com ânsia.

"Moreno", eu sussurro, surpresa com a única palavra que sai dos meus lábios.

O que estamos fazendo?

Por que ele está me beijando?

Sua mão está posicionada na parte inferior das minhas costas. Ele me puxa mais apertado, deixando-me sentir seu desejo enquanto sua outra mão serpenteia pelas minhas coxas e pela minha saia.

Não. Não. Não.

Ele é meu chefe.

Eu não deveria estar fazendo isso com ele.

Não deveríamos estar fazendo isso.

Estou perdida em um mar de calor e desejo enquanto seus dedos me provocam através da minha calcinha. "Alguém pode nos ver", eu raspo contra seus lábios.

Ele já me deixou sem fôlego.

"Você quer que eu pare?" ele sussurra no meu ouvido e começa a chupar e puxar a parte inferior da minha orelha.

Porra.

Ele sabe exatamente o que fazer para me fazer cair em pedaços.

Estou com os joelhos fracos, literalmente, e não tenho certeza de quanto tempo mais consigo ficar de pé. Parte de mim considera subir no balcão para deixá-lo me foder, mas eu sei que não estamos sozinhos.

É apenas uma fantasia passageira. Isso não pode acontecer.

Inferno, isso não deveria estar acontecendo, mas está, e eu não o impeço.

Moreno se afasta e olha para meus lábios.

"Por que você parou?" Já estou sem fôlego, ofegante enquanto ele retira seus dedos de debaixo da minha saia.

"Você não me implorou para deixar você vir", diz Moreno com um sorriso malicioso.

Eu quero tirar aquele sorriso presunçoso do rosto dele. Isso tudo é um jogo para ele?

Eu me inclino para beijá-lo, provando que eu o quero e quero que isso aconteça entre nós.

"Moreno!" uma voz retumbante atravessa o bar. "Parece que você encontrou uma substituta bastante charmosa."

A vergonha queima minhas bochechas. Vance viu o que estávamos fazendo?

O contrato que assinei com a Agência de Babás, Cia. prometia que eu seria profissional o tempo todo.

Bem, foda-se.

"Vance DeLuca," o tom de Moreno envia um arrepio na minha espinha.

"Diga oi para Nicole por mim," Vance diz com um sorriso malicioso.

Há algo sombrio e sinistro na maneira como Vance se move em direção a Moreno.

"Não se mova", Moreno me avisa.

Quê? Porquê?

Onde eu iria?

Não tenho a menor ideia do que diabos está acontecendo, mas já posso sentir problemas. Esses dois homens têm uma história juntos.

Se eles se odeiam, por que Moreno usou a Agência de Babás, Cia. para me contratar?

Eu alcanço minha bolsa e pego meu celular. Minhas mãos estão a tremer. Sinceramente, nem tenho certeza para quem eu ligaria. Não tenho o número de Dante e a polícia não pode ajudar. Suspeito que quando eles aparecerem, o bar estará em ruínas, e Moreno acabará preso junto com o homem que arranjou para que eu fosse contratada como babá dos Riccis.

Moreno puxa o braço para trás e acerta um murro forte em Vance.

Então ele agarra meu braço e me arrasta apressadamente para fora do bar e passa pelo segurança de guarda enquanto corremos para o carro.

O manobrista já deu a volta no veículo. Não há como esperar pelo carro dele, quase como se eles soubessem que ele estaria saindo daqui.

Mas como eles saberiam disso?

"O que está acontecendo?" Eu pergunto. Corro para o carro, e Moreno já está no banco do motorista quando estou afivelando meu assento.

Ele pisa no acelerador, e nós voamos para fora do estacionamento em velocidade recorde.

A mandíbula de Moreno está apertada, suas mãos apertando o volante. Ele continua olhando pelo espelho retrovisor, e estamos passando zunindo em velocidade recorde.

Se passarmos por um policial, Moreno será multado por direção imprudente. Seu pé não afrouxou o pedal do acelerador enquanto contornámos as curvas da estrada e voltámos para a cidade.

"Fale comigo!"

Não suporto o silêncio.

O que quer que ele pense que eu não consigo lidar, ele nem tentou explicar.

CATORZE
MORENO

EU NÃO DEVERIA TER TENTADO BEIJAR Paige.

Não que eu me arrependa de enfiar minha língua em sua boca ou minha mão em sua saia. Eu podia senti-la tremer em meus braços.

A voz de Paige está cheia de medo até agora, enquanto corremos de volta para o complexo. É o único lugar seguro para ela, com dezenas de homens de guarda para proteger nossa família.

Esse foi o erro cometido no dia em que Serene morreu. Ela não estava em casa, segura.

E isso a tinha matado.

Ela não foi a única que morreu naquele dia, assassinada por Vance e seus homens.

"Fale comigo!"

Eu quero contar tudo a ela, mas duvido que ela consiga lidar com isso, e deixá-la ir não é mais uma opção.

"Vance DeLuca é o chefe da família DeLuca."

Ela está em silêncio.

Um pouco silenciosa demais. "Eles são da máfia", reitero, com a suspeita de que ela não sabe do que estou falando. Por que ela saberia?

"E o que isso tem a ver com Nikki? Ele mencionou Nicole também."

Eu expiro uma respiração pesada. Não é minha função compartilhar o passado de Nikki com Paige. Essa é a história dela para contar. "Eles são da família antiga", eu digo.

"Nikki faz parte da máfia? Eu não posso acreditar nisso", diz Paige. Suas mãos estão no colo, e ela está brincando com os dedos, mexendo nas unhas perfeitamente polidas.

"Ela nasceu nessa família. Uma princesa da máfia."

"De jeito nenhum." Paige balança a cabeça em negação. "E você está bem morando com eles? Com sua filha sob o teto deles?

Ela não percebe que eu sou um deles?

Eu não sou um DeLuca. Eu sou um Ricci.

"Nikki não faz mais parte da família DeLuca. Não desde que Luca nasceu. Seu pai está morto, e Vance assumiu o negócio quando ela veio para ficar connosco indefinidamente.

É mais do que eu deveria confiar nela.

"Nada disso deve ser compartilhado com ninguém. Você entende?" Eu atiro-lhe um olhar duro antes de voltar meu olhar para a estrada.

Está escuro lá fora, o ar da noite finalmente esfriou e o carro está confortável, exceto pela tensão espessa entre nós.

"Não vou dizer nada. Para quem eu contaria?" diz Paige. "Além disso, quem acreditaria em mim?"

"Eu preciso ligar para Dante. Nenhuma palavra. OK?" Eu a aviso antes de ligar para ele pelo sistema Bluetooth do carro.

"E aí?" Dante atende no primeiro toque.

"Temos companhia," digo.

Ele é rápido para responder. "Convidado ou não convidado?" Ele está silenciosamente perguntando se precisamos de reforços ou estou trazendo para casa um encontro.

"Sem convite." Tenho Paige no carro comigo. Quem mais eu traria para casa ou convidaria para voltar connosco? Ele deveria me conhecer melhor do que isso.

"Percebido. Estaremos prontos quando você chegar aqui", diz Dante.

Eu desligo a chamada e expiro uma respiração pesada.

Nova estará segura. Ela, Luca e Nikki estarão trancados no quarto do pânico no minuto em que Dante desligar o telefone.

Existem protocolos a serem seguidos. Não importa que seja meio da noite para Nova e Luca. Eles serão puxados para fora de suas camas e levados para o quarto do pânico para dormir.

"O que foi agora?" Pergunta Paige. Ela olha pelo retrovisor lateral enquanto um conjunto de faróis está se aproximando de nós por trás.

Não é incomum que outros estejam na estrada a esta hora.

É verão.

Há uma abundância de turistas que viajam até Glacier. O parque nacional não fica tão longe de Breckenridge, e temos alguns trailers passando pela cidade.

Mas outra olhada no espelho retrovisor, e não é um trailer.

Os faróis estão mais baixos e mais próximos.

É um carro, mas está muito escuro e longe para obter mais informações.

Eu acelerei mais forte, acelerando o motor e rolando as marchas enquanto corremos de volta para o complexo.

Se for Vance, ele não virá sem uma comitiva.

———

Nós corremos de volta pelo portão principal, e eu conduzo Paige para dentro da casa e para o quarto do pânico. A entrada está escondida no quarto principal de Dante e Nikki, dentro do armário.

Digito o código e a porta se abre lentamente. "Entre."

"Onde está Nova?" Pergunta Paige. Ela gira nos calcanhares, olhando para mim.

"Ela está dormindo aqui," a voz suave de Nikki responde de dentro do quarto do pânico.

Ela honestamente acha que eu a levaria para dentro e esqueceria minha filha?

"E você?" Paige hesita. Sua mão agarra meu braço, e sinto o leve tremor em seu toque.

"Eu vou ficar bem. Alguém tem que proteger vocês meninas e as crianças."

Eu me inclino, roubando mais um beijo caso a oportunidade nunca mais apareça. Não tenho certeza se Vance está a caminho ou não, mas ele não apareceu em Spring Valley em um clube que Dante possui por acidente.

QUINZE

PAIGE

AINDA SINTO SUA respiração contra meus lábios, meu coração martelando contra minhas costelas, enquanto ele me empurra para dentro do quarto do pânico e fecha a porta.

Estamos trancados aqui dentro.

Nikki se senta em um sofá futon e move as pernas para dar espaço para eu me juntar a ela. O quarto é pequeno, mas mobiliado. Há um conjunto de beliches contra a parede. Luca está dormindo no beliche de cima e Nova está enrolada ao lado de Nikki no sofá.

No momento em que entro na sala e vou para o sofá, os braços de Nova estão estendidos para mim.

"Você deveria estar dormindo", eu digo e puxo Nova em meus braços para um abraço enquanto me sento no sofá.

A pequena sobe no meu colo para abraçar, e Nikki me entrega um cobertor da parte de trás do futon que eu posso usar para ajudar a deixar Nova um pouco mais confortável.

"Boa sorte para fazê-la dormir," Nikki diz com um sorriso rebelde. "Primeira vez em confinamento. Aposto que não era isso que você achava que era ser babá."

Eu rio baixinho. "Moreno certamente não mencionou um quarto do pânico."

"Aposto que não." Ela ri e balança a cabeça.

A sala cheira a tinta fresca, madeira nova e construção recente, ao contrário do restante da cabana, que parece ser cuidada, mas não é nova.

"Ouvi dizer que você teve um encontro quente com o chefe", diz Nikki.

Ela me deixa sem palavras, e Nova olha para mim, curiosa sobre nossa conversa. Nova parece tão estressada quanto eu.

"Relaxe, estou apenas brincando. Tenho certeza de que vocês dois saíram como amigos para se conhecerem."

Eu gentilmente esfrego as costas de Nova para que ela se acomode. Ela parece se confortar com isso e descansa a cabeça no meu peito enquanto se enterra em mim para abraçar.

"Mas foi um grande beijo," Nikki diz.

Ficou vários graus mais quente aqui?

Nova coloca a cabeça para cima, olhando para mim.

Pela primeira vez, estou grata por ela não falar. Não tenho certeza do que ela diria sobre seu pai e eu compartilhando um beijo.

Ela tem quatro anos, no entanto. Não é como se ela tivesse algo a dizer sobre quem seu pai namora.

Não que estejamos namorando.

"De qualquer forma", eu digo com um sorriso excessivamente zeloso, tentando mudar de assunto. "Isso é uma ocorrência regular?" Eu gesticulo para a sala do pânico. Com que frequência devo me acostumar a vir aqui?

"Brincando de esconde-esconde?" Nikki brinca. "Com mais frequência do que eu gostaria, mas honestamente não é com tanta frequência. Acho que no ano passado, desde que Dante construiu a sala, estivemos aqui duas vezes."

Isso não foi tão ruim.

"Quanto Moreno lhe contou sobre por que estamos escondidos aqui?" Nikki pergunta.

Ela parece cautelosa, como se não quisesse dar mais do que deveria, mas tenho a nítida impressão de que, se eu conseguir fazer a garota falar, ela vai falar muito. Ela já disse muito mais do que eu desde que ficámos presas juntas.

Talvez ela revele todos os segredos de Moreno.

"Eu conheci Vance no clube", eu digo, estudando sua expressão. Talvez eu não devesse mencionar que ele dirige a Agência de Babás, Cia.

A cor se esvai de seu rosto. "Ele voltou?" A língua de Nikki sai enquanto ela lambe os lábios e se levanta.

Ela começa a andar de um lado para o outro da sala. Não é muito grande, mas também não estamos em um armário.

Voltou?

Quando ele foi embora?

O aperto de Nova em mim aumenta.

Eu esperava que ela tivesse adormecido ou pelo menos estivesse aproximando do sono, mas ao som do nome de Vance, ela reagiu exatamente como Nikki.

O que estava acontecendo?

"Ele mencionou você," eu digo, olhando para Nikki. Eu provavelmente deveria prestar atenção ao que eu digo perto de Nova, mas não é como se eu pudesse colocá-la em outra sala e ter essa conversa apenas entre os adultos. Estamos todos trancados aqui juntos.

"Não é uma surpresa. Ele está tentando chegar até mim desde que eu fugi. O bastardo acha que pode comandar minha vida mesmo com meu pai morto e fora de cena." Ela cruza os braços sobre o peito e cai no sofá.

"Ninguém vai deixar nada acontecer com você ou qualquer um aqui", eu digo.

"Eu sei." Os lábios de Nikki se enrolam quando ela fecha a boca.

Há algo que ela não está dizendo.

Ela não é a única que guarda segredos.

———

"Alarme falso," Dante diz enquanto destranca a porta do quarto de pânico.

Moreno segue atrás dele, olhando para a cama de baixo vazia para Nova antes de perceber que ela está em meus braços, dormindo profundamente.

Eu cochilei por alguns minutos, ou foram horas que se passaram?

"Está tarde. Devemos levá-la para a cama", diz Moreno. Ele se inclina para frente, pegando a criança adormecida dos meus braços.

Eu silenciosamente me levanto e o sigo para fora da sala do pânico.

Eu tenho mais perguntas dançando na minha cabeça. O sol já está nascendo, espreitando pelas cortinas.

"Tem certeza que é seguro?" Meus olhos queimam, e eu os esfrego enquanto sigo Moreno quando ele coloca Nova na cama, puxando as cobertas apertadas ao redor de seu pequeno corpo.

Ele se abaixa, dando um beijo em sua testa antes de olhar por cima do ombro para mim.

"Você deveria dormir um pouco. Nova vai acordar cedo."

Eu expiro uma respiração pesada. "Isso não é provável que aconteça. Estou surpresa por ter adormecido lá dentro," admito.

"Vou colocar um bule de café. Você quer um pouco?"

Eu o sigo para baixo. Ele já mudou para o seu pijama. Não tenho certeza de quando ele se despiu, mas não posso deixar de sorrir para a camisa escura apertada e a calça de moletom que ele está vestindo.

Eu nunca o vi parecendo nem um pouco casual, e é tão sexy quanto quando ele está em seu terno caro.

"Sim, isso soa bem." Eu estou em seus calcanhares, desço as escadas e me sento na mesa alta da cozinha.

Moreno me pega uma xícara de café junto com uma para ele e vem se sentar na minha frente.

Ele parece tão cansado quanto eu. "Você não tem que ficar comigo", eu digo.

Duvido que seja por isso que ele ainda esteja acordado, mas não quero que ele sinta que deve ficar de olho em mim.

"A adrenalina é tão forte quanto quatro xícaras de café", diz Moreno e sorri para sua caneca.

"Se for esse o caso, então eu vou tirar isso de suas mãos." Pego sua xícara de café, mas ele pega primeiro.

Moreno oferece um sorriso irônico. "Boa tentativa." Seu olhar volta para sua bebida quente fumegante. "Ouça, eu sei que você quer levar Nova ao parque e sair para aventuras, mas não posso mais deixar isso continuar."

Foi uma saída.

Eu tomo minha bebida. O líquido queima o céu da minha boca, e eu estremeço.

"Isso é por causa de Ariella ou do homem do clube?" Não tenho certeza se ele é superprotetor ou controlador. Ainda não conheci Moreno o suficiente para decifrar entre as duas opções.

Vance é extremamente assustador. Eu me senti assim quando o conheci, mas não sei se Moreno está exagerando ou está certo.

Moreno coloca a caneca com força sobre a mesa.

Ele ressoa, e eu estremeço involuntariamente.

"Isso importa?" ele pergunta.

Isso importa para mim, mas não acho que ele vai dar uma resposta honesta.

"Você não pode manter Nova trancada dentro deste lugar."

Seus olhos apertam, e há uma escuridão que se instala sobre ele enquanto ele fala. "É a casa dela."

"Ela não é uma prisioneira. Ela é uma criança."

Moreno bufa alto em voz baixa. "Você também não pode sair."

"O quê?"

Ele não pode estar falando sério.

"Você acha que é seguro para você lá fora? Vance sabe que você trabalha para mim. Você é um alvo."

Abro a boca para dizer a ele que Vance é quem dirige a agência de babás, mas penso melhor. Em seguida, ele não confiará mais em mim e pensará que trabalho para Vance.

"Nós ficaremos bem. Vou trazer Leone comigo."

"Você não está levando isto a sério o suficiente", diz Moreno. Sua mandíbula está apertada, e ele se afasta da mesa da cozinha e serve uma segunda xícara de café. "Exatamente por isso é que você não pode sair e certamente não com minha filha."

Outra xícara de café.

Sim, é exatamente isso que ele precisa.

Ele já está cheio de adrenalina.

"Porra."

"O que há de errado?" Eu olho para ele por cima do meu ombro. Ele está estudando seu telefone. Algo o irritou, e desta vez, não fui eu.

DEZESSEIS
MORENO

A PORRA da consulta com a psicóloga.

Quase me esqueci disso. Bem, eu queria esquecer isso porque levar Nova a um psiquiatra não foi ideia minha.

Tenho que agradecer a Dante e Nikki por interferirem na minha vida.

Eles estão tentando ser úteis, cuidando da família, mas isso não torna as coisas mais fáceis. Eu não quero falar sobre a morte de Serene, mas isso vai acontecer.

Há um e-mail da terapeuta me pedindo para preencher este formulário estúpido antes da sessão. Eu pensei que era uma merda de seguro, querendo informações para pagamento, e eu tenho dinheiro suficiente para não lidar com isso, mas um olhar no formulário e vejo que estou completamente errado.

Ela quer um relatório detalhado sobre nossa família.

A terapeuta está solicitando que ambos os pais estejam na consulta.

Porra.

Eu pensei que Nikki lidava com essa informação?

Aparentemente não.

"Você quer sair daqui com Nova?" Lanço um olhar para Paige.

Uma ideia terrível está flutuando em minha mente. Eu nem deveria sugerir isso.

Ela hesita em responder. Não é nenhuma maravilha. Já exigi que ela não possa sair do local com minha filha. "Eu pensei que o parque estava fora dos limites?"

Eu sirvo a segunda xícara de café e deixo o líquido quente e amargo deslizar pela minha garganta enquanto tomo um grande gole.

Está fora dos limites. Preciso que ela me acompanhe ao consultório da terapeuta e não como babá. Nova não vai dizer uma palavra, e Nikki nunca faria isso.

Além disso, as perguntas serão reduzidas ao mínimo e não teremos que falar sobre o assassinato de Serene.

Tenho certeza de que não estou pronto para falar sobre isso, e Nova não fala.

Problema resolvido.

"Eu preciso que você venha comigo na sexta-feira para um compromisso com Nova."

Sua testa franze. "Não entendo."

Como ela poderia? Eu expiro um suspiro pesado. Como explicar isso sem parecer um completo idiota?

Quem diabos se importa? Estou de luto, e ela é minha funcionária. Ela vai me obedecer.

"Você estará trabalhando", eu digo. "Vou pagar horas extras por me acompanhar à consulta de terapia de Nova, como mãe dela."

Ela ri.

A audácia que ela tem, de rir da minha dor. "Você acha isso engraçado?"

O sorriso desaparece de seu rosto e sua pele fica pálida. "Você está falando sério?"

Paige pensou que eu estava brincando com ela. Não uso o humor como muleta. "Há algumas coisas que prefiro manter em segredo. Preciso de seus serviços para sexta-feira fora de casa com Nova. Isso é um problema?"

Sem palavras, ela balança a cabeça.

"O que é isso?"

"Não há problema", diz Paige.

"Boa." Termino o resto do meu café e jogo a caneca na pia.

Eu odeio o olhar que ela está me dando. Ela sente pena de mim? Estou cansado dos olhares de pena e dos constantes cumprimentos dos membros da família após a morte de Serene.

Ainda lamento a perda da minha esposa todos os dias.

Eu nunca pensei que consideraria seguir em frente ou pensar em uma mulher de outra forma que não platonicamente, mas um olhar para Paige, e eu sou culpado.

Eu quero ela. Meu corpo a quer. E meu coração está finalmente batendo como se eu estivesse vivo novamente.

Mas não posso tê-la. Ela não é minha.

O olhar de Paige está em mim, e eu juro que está cheio de tristeza e desespero. Ela sente pena de mim. Eu não consigo suportá-lo. Eu odeio esses olhares de pena.

Eu não quero uma foda de pena.

Eu saio da cozinha, deixando-a sozinha para terminar sua xícara de café.

————

Evitei Paige o melhor que pude. Principalmente, tenho evitado qualquer conversa com ela.

Temos guardas extras na casa e na propriedade para garantir que a família esteja segura.

Paige não insistiu em ir ao parque, e sou grato por não ter que brigar com ela novamente.

Há uma batida suave na porta do meu quarto enquanto estou vestindo minha calça.

"Quem é?"

"Sou eu, Paige." Sua voz é suave, hesitante.

"Só um segundo", eu chamo de volta enquanto fecho minhas calças e, em seguida, caminho em direção à porta. Vou pegar minha camisa em um minuto. Eu abro a porta, me perguntando por que ela está vindo até a porta do meu quarto.

Há algo de errado com Nova?

"Está tudo bem?" Eu pergunto, olhando-a de cima a baixo. Estou esperando encontrar minha filha ao seu lado, mas ela não está lá.

É cedo ainda. Ela provavelmente está na sala de jogos ou se vestindo para o dia. No entanto, Paige ajuda nessa tarefa.

"A consulta de terapia é esta manhã", diz ela.

Eu a encaro sem expressão. Por que ela está vindo à minha porta para me dizer o que eu já sei? Ela achou que eu esqueci? "Sim eu sei."

"Se eu vou com você, pode ser bom para mim saber o que devo dizer. Estamos casados? Eu sou sua mãe e sua babá?"

Eu gemo e jogo meus braços no ar. A questão toda era que eu não queria falar sobre nada disso ou pensar sobre isso.

Deixo a porta do quarto aberta para ela me seguir até o quarto enquanto pego uma camisa do meu armário.

"Feche a porta, sim?" Eu olho para trás por cima do ombro para ela.

Não preciso que Dante ou Nikki fiquem sabendo dessa conversa.

O fecho da porta se encaixa no lugar. Respiro aliviado e continuo. "Você vai me acompanhar como mãe dela. Ouça, eu não quero falar sobre Serene. Se você aparecer e apenas concordar com o que eu disser, tudo ficará bem."

"Será?" Pergunta Paige. "Pelo que ouvi, Nova costumava falar."

Puxando minha camisa, eu giro para encará-la. "Quem te disse isso?" A raiva se agita dentro de mim, e eu me aproximo de Paige, esquecendo os botões da minha camisa.

Ela não recua ou se acovarda. Paige se mantém firme. "Isso importa?"

"Foi Ariella, não foi? Aquela pirralha!"

Paige não vacila. "Quem se importa como eu descobri? O fato de você não estar negando diz mais sobre seu carácter do que sobre o dela."

Eu deveria odiá-la pelo jeito que ela está falando comigo, com tão pouco respeito, mas em vez disso, tudo o que sinto é seu calor misturado com raiva. "Você não sabe do que está falando."

"Ouvi Nova cantarolando uma canção de ninar outro dia."

"Você está mentindo." Eu não acredito nela. São todos jogos e táticas de manipulação para me fazer confiar nela. Bem, não vai funcionar. Eu me afasto, não encontrando seu olhar enquanto aboto minha camisa.

"Eu sei que você quer o melhor para sua filha. Embora eu não ache que mentir para o terapeuta seja a melhor opção, estou disposta a fazer o que você, como meu empregador, exigir."

"Boa." Eu pego uma gravata da minha prateleira no armário. "Estou feliz que isso esteja resolvido. Você está dispensada."

Eu não me importo se Paige terminou ou não. Eu terminei com ela por enquanto. Quero alguns minutos de silêncio antes de ter que suportar pura tortura nas mãos de uma psiquiatra.

Eu provavelmente sou muito dramático. A terapeuta é para Nova, e ela não vai analisar minha família.

Pelo menos espero que ela não vá se aprofundar muito em nossas vidas. Eu espero que Paige vá embora, e a porta se fecha atrás dela antes de eu dar um passo em direção à minha mesa de cabeceira.

Abro a gaveta de cima e pego uma pequena caixa de madeira gravada com as iniciais de Serene. Foi um presente que comprei para ela em minhas viagens ao exterior.

Era para segurar suas fotos, bugigangas, lembranças, qualquer coisa que ela achasse adequada.

Levantando a tampa, vejo que há um punhado de fotos, um bilhete de cinema e a pulseira de bebê de Nova. Folheio o conteúdo, procurando a aliança de casamento e o anel de noivado de Serene. Os anéis foram fundidos e, após sua morte, coloquei o conteúdo na caixa de madeira.

De vez em quando, olho como um lembrete amargo de tudo o que perdi.

Às vezes me traz paz.

Normalmente, isso me deixa de joelhos com uma tristeza angustiante, mas nunca com lágrimas.

Não vejo o anel à primeira vista. Despejo o conteúdo na cama.

Quatro fotografias.

Um bilhete.

Pulseira de bebê da Nova.

Não há aliança de casamento.

Eu engulo o nó na minha garganta. Meus olhos queimam, e saio do quarto.

Dante e Nikki nunca me trairiam. Meus homens sabem que não devem entrar no meu quarto, muito menos me roubar.

"Paige!" Eu grito o nome dela, exigindo que ela venha até mim.

DEZESSETE
PAIGE

ASSIM QUE TERMINO de colocar Nova em seu macacão, Moreno está gritando meu nome a plenos pulmões.

E agora?

Ele parece chateado, e isso envia um arrepio pelo meu corpo.

Os olhos de Nova estão arregalados e seu corpo tenso. "Vai ficar tudo bem", eu digo e ofereço à pequena um sorriso caloroso.

Seus passos são pesados quando ele pisa no meu quarto. Posso ouvir a porta se abrir e me pergunto se ele a arrancou das dobradiças.

Moreno entra no quarto de Nova pela porta ao lado.

"Se importa de explicar por que o anel de casamento da minha falecida esposa está desaparecido?"

Não é uma pergunta.

Eu sinto a acusação colocada em mim.

Ele se aproxima, um pouco perto demais, enquanto está invadindo meu espaço pessoal.

"Eu não..." eu começo e olho para Nova.

Ela está tremendo e seus olhos estão cheios de lágrimas enquanto elas deslizam por suas bochechas. Nova tenta não se mover, congelada no lugar, mas o medo que irradia através dela é visível.

Embora Moreno não lhe dê atenção.

Sua raiva, que parece ter se transformado em ódio, está queimando em mim como um inferno. Ele está prestes a entrar em erupção, então eu o deixo.

Qualquer coisa para proteger aquela garotinha.

"Eu sinto muito. Eu não deveria ter pegado o anel." Eu nunca toquei no anel de sua esposa morta, mas ele está decidido a acreditar que eu sou a vilã.

"Não temos tempo agora. Andar de baixo. Já", ele dispara.

Conduzo Nova para fora do quarto e desço até o vestíbulo para me preparar para sair.

"Espero o anel de volta na caixa assim que voltarmos para casa."

Se Nova não pegou o anel, estou ferrada.

A menina tem dedos pegajosos?

Existe alguma chance de um dos guardas ou alguém que veio para limpar o local ter visto e roubado?

"Eu ainda vou com você para a consulta?"

"Não pense que você vai sair dessa facilmente", diz Moreno. Seu lábio superior rosna. Ele está tentando controlar sua raiva.

Ele finalmente reconheceu o medo que Nova tem dele?

"Eu não sonharia com isso", eu digo.

Nós saímos, e eu abro a porta traseira de seu SUV, ajudando Nova em seu assento de carro. Eu a prendo bem e apertada antes de subir no banco da frente.

Na verdade, eu prefiro sentar na parte de trás com ela. Parece mais seguro.

Moreno pisa no acelerador. Nós nos apressamos para sair da cabine quando os portões são abertos para sairmos. Quantas vezes mais poderei andar livremente fora dos limites da propriedade?

————

Juntos, sentamos na sala de espera. Nova está sentada ao meu lado em uma cadeira dupla e Moreno está sentado sozinho.

Incomoda-o que sua filha tenha escolhido sentar-se comigo em vez dele?

Talvez ele nem perceba, e eu estou tirando mais proveito disso do que deveria.

Sua mandíbula está apertada, suas mãos apertadas em seus lados. Ele ainda está furioso com o anel que me acusou de roubar.

Eu não o peguei. Eu nem sabia onde ele estava para roubá-lo. Mas tenho a suspeita de que Nova sabia onde estava e ela o roubou.

Chame isso de intuição.

Também pode ser que ela pareça culpada, incapaz de lançar um olhar para o pai e esteja me abraçando em todas as oportunidades que tem.

A porta do escritório se abre com um rangido. "Oi, Nova", diz a mulher. Ela se abaixa até o nível de Nova para se apresentar. "Eu sou Ellie. Vejo que trouxe um amigo hoje. Eu tenho algum giz de cera para colorir no meu escritório. Você gostaria de vir ver?"

Nova não se mexe do assento ao meu lado enquanto segura sua girafa de pelúcia com força.

"Nova, vamos", diz Moreno. Ele não oferece nem uma sugestão de sorriso. É como se ele estivesse esperando que ela o obedecesse. Talvez isso funcione com os guardas, mas Nova é uma criança.

Eu me levanto e ofereço minha mão a ela. "Vamos. Está tudo bem." Dou-lhe um sorriso caloroso, querendo que ela não tenha medo do lugar estranho e desconhecido. "Eu sei que você gosta de desenhar, e aposto que ela tem as melhores cores."

Ela me encara com os olhos arregalados e segura minha mão.

"Estarei com você o tempo todo. Seu pai também," eu digo. Não tenho certeza se isso a assegura ou não, mas ela desce da cadeira e segura minha mão com força enquanto entramos no consultório da terapeuta.

Moreno está logo atrás de nós. Eu não esperaria outra coisa.

"Deixe-me falar", ele sussurra em meu ouvido enquanto nos sentamos no sofá, nós três.

Nova sobe entre nós.

Eu estou bem com isso. Significa que não preciso me sentar ao lado de Moreno e, neste momento, não quero cooperar com ele.

Eu apenas presumo que contaria a história dele, deixando a mulher saber todos os detalhes sobre Serene.

Isso não ajudaria Nova?

Honestamente, não tenho certeza se isso ajudaria ou pioraria as coisas para ela. Posso viver comigo mesma se irritar meu chefe, mas não consigo lidar com ferir Nova. Ela não merece esse tipo de tratamento.

Em uma pequena mesa, há várias folhas de papel em branco e giz de cera. Ela olha para os giz de cera na mesa, mas não se move do sofá.

"Que tal colorirmos juntas?" Eu digo.

Saindo do sofá, olho por cima do ombro para Nova e lhe dou um sorriso caloroso e aceno com a cabeça.

Ela está mordendo o lábio inferior. Ela quer colorir, mas parece tímida e com medo. Não tenho certeza do quê — o pai dela, a situação, alguma outra coisa?

Pego o giz de cera roxo, sua cor favorita, e começo a colorir à mesa.

Moreno começa a falar com Ellie, explicando algumas informações básicas, e Nova sai do sofá e pega o giz de cera da minha mão.

Ela pode não ser ótima a compartilhar, mas pelo menos a criança sabe o que ela quer.

Eu a deixo pegar o giz de cera roxo, e ela pega um pedaço de papel em branco e começa a rabiscar um desenho.

Embora eu não tenha ideia do que ela está visualizando, é evidente que ela está atenta e sua mente não está mais na situação.

Silenciosamente, volto para o sofá e me sento ao lado de Moreno.

"E vocês dois estão bem casados?" Ellie pergunta. "Só pergunto porque às vezes brigar em casa pode levar a-"

Moreno a interrompe. Ele envolve um braço em volta dos meus ombros, me puxando para mais perto enquanto se aproxima de mim. "Sim, tudo em casa é maravilhoso. Não é?"

"Ela está muda desde que me lembro" digo. Não é mentira, nem um pouco.

Eu olho para minha mão no meu colo e percebo que não estamos com isso particularmente planejado. Eu não estou usando uma aliança de casamento.

É por isso que Moreno estava furioso mais cedo sobre o anel de Serene? Ele pretendia que eu o usasse para a consulta?

Não.

Isso não era possível. Não com sua explosão mais cedo na casa.

"Houve alguma mudança repentina no comportamento de Nova ou em casa?" Ellie pergunta. Ela pegou um bloco de papel e está fazendo anotações enquanto falamos.

Ellie está situada à nossa frente, mas a poucos metros de distância. Nossa conversa não é abafada, mas Nova parece não notar ou se importar com a nossa presença na sala.

"Nada", diz Moreno.

É mentira. Ellie pode ver através de sua farsa?

"Quero ajudar Nova, mas quanto mais você me contar, melhor posso estar equipada para determinar o que pode estar acontecendo com sua filha", diz Ellie. "Qualquer coisa que qualquer um de vocês me disser será mantida na mais estrita confidencialidade."

"Não há nada para contar", diz Moreno.

Ellie acena com a cabeça e guarda suas anotações. "Você se importa se eu falar com Nova?" ela pergunta.

"Vamos lá", diz Moreno e gesticula para que Ellie se aproxime de Nova.

Ellie é de fala mansa e sai da cadeira, ajoelhando-se à mesa. Ela pega um giz de cera rosa e um pedaço de papel.

"Eu gosto do seu desenho", diz Ellie.

Nova olha para a mulher antes de desviar os olhos de volta para o desenho. Há um leve sorriso no canto dos lábios de Nova, como se ela estivesse tentando não sorrir com o elogio.

Eu vejo isso.

Ellie vê isso?

E o Moreno?

———

"Seiscentos dólares por hora para isso?"

"Tecnicamente, foi uma hora e meia", eu ofereço enquanto voltamos para o carro. Estou prendendo Nova em seu assento de carro. "E a primeira consulta é sempre mais dinheiro."

Ele me lança um olhar. "Como você saberia?"

"O quê? Você acha que eu nunca vi um terapeuta antes? Minha vida não é arco-íris e borboletas."

Ele bufa baixinho. "Parece."

Reviro os olhos e fecho a porta traseira depois que Nova está segura em seu assento. Abrindo o lado do passageiro, eu me sento no banco e dou a ele um olhar duro. "Você deveria prestar atenção no que diz."

Sua testa franze.

Eu não dou a mínima para o que ele diz sobre mim. O que me incomoda é a forma como ele fala sobre Nova na frente dela. A criança já tem problemas, e fingir que eles não existem e amplificá-los ainda mais é simplesmente cruel.

Eu bato a porta e coloco meu cinto de segurança enquanto ele coloca o carro em movimento e nos dirige para fora de Spring Valley.

Não sei se não há terapeutas infantis em Breckenridge ou se ele prefere dirigir mais longe da cidade para que ninguém conheça seu negócio.

A estrada está silenciosa, e eu olho para trás de mim para Nova. Ela está ocupada com sua girafa. Seus lábios estão se movendo, mas ela não está dizendo nada em voz alta.

No momento em que ela percebe que estou olhando para ela, ela fecha os lábios.

Sim, foi o que pensei.

Nova está escondendo algo.

No que me diz respeito, Moreno também.

Toda a maldita família Ricci está se afogando em segredos.

Eu não quero me afogar também.

Eu quero ser libertada, mas sinto que sei demais, e ele nunca vai me deixar ir.

DEZOITO
MORENO

ELA ROUBOU o anel da minha falecida esposa.

Eu não posso deixá-la ir. O fato de ela ter confessado é ainda pior.

Achei que talvez algo tivesse acontecido com ele, e eu estava exagerando, mas sei que devolvi o anel ao seu devido lugar na última vez que segurei o anel de casamento de Serene.

O ato de cara legal acabou.

Agora que terminamos de fingir que estamos casados para a consulta de terapia, posso voltar a sentir raiva e mágoa por ela ter me traído.

Talvez eu devesse demiti-la por me roubar.

Já matei homens por menos, mas ela é boa com Nova, e não posso deixar isso ser esquecido.

É a única razão pela qual não vou mandá-la para a masmorra para dormir. Ela é boa com minha filha.

Merda.

Meu pau se contrai em minhas calças.

Não quero sentir nada pela pequena ladra. Mas meu corpo me trai, junto com meu coração.

"Saia do carro", eu digo entre os dentes cerrados.

Desligo o motor e saio com pressa.

A babá está fora do veículo antes que eu possa abrir a porta traseira para pegar minha filha. Ela já está desafivelando ela como uma profissional.

"Eu posso fazer isso", eu digo. A raiva ferve no meu sangue, e eu a quero longe da minha filha.

Uma carranca está gravada em seu rosto. Ela esqueceu que ela roubou de mim? "Eu disse algo errado?"

"Você roubou o anel da minha esposa morta." Eu abro a porta dos fundos para pegar Nova, e ela joga os braços para Paige, querendo a babá em vez de seu pai.

Porra.

Eu não pretendia assustar Nova.

Eu esqueço como ela se assusta facilmente.

Nova agarra Paige, enterrando o rosto no pescoço da babá.

Paige é gentil, calorosa e compassiva. Ela esfrega as costas de Nova enquanto a carrega para dentro de casa.

Eu não entendo como alguém que pode ser tão carinhoso também pode ser tão insensível para roubar de mim.

"Eu não te pago o suficiente? Esse é o problema?" Estou correndo atrás dela, exigindo uma resposta.

Eu segurei minha língua por tempo suficiente no caminho para casa. Não consigo mais ficar calado. A traição me corta como uma adaga no coração por trás.

"Eu confiei em você", eu fervo.

Paige não me responde. Ela carrega Nova para a sala de jogos no corredor.

"Podemos ter essa conversa mais tarde", ela me diz por cima do ombro.

Não quero depois. Eu quero discutir agora. Ela me deve uma explicação.

"Nós estamos falando agora." Eu me recuso a recuar. Não deixo ninguém passar por cima de mim, e sinto que deixei Paige fazer isso me roubando.

Ela gentilmente coloca Nova na sala de jogos e sai para o corredor. "Você vai me demitir?"

"Eu deveria fazer mais do que apenas demiti-la."

Ela balança a cabeça, claramente não entendendo a implicação.

Você trai a família Ricci. Você morre. É simples assim. Mas ela não é máfia. Ela é a babá. E não posso esquecer como ela é boa com Nova. Eu odeio a conexão delas.

O ciúme penetra em minhas veias.

"Esqueça meu pagamento," Paige diz. "Seja qual for o custo do anel, eu vou te pagar de volta."

Ela não percebe o valor sentimental do anel? "Não é pelo dinheiro. Minha esposa está morta. Assassinada. Não consigo substituir o anel. Assim como não posso substituí-la. Até que o anel seja devolvido para mim, você está proibida de sair."

"O quê?" Seus olhos se arregalam. "Você não pode fazer isso, senhor."

Eu acabei de o fazer.

Ela vai aprender a respeitar a mim e minha autoridade.

"Você me ouviu", eu digo e me aproximo, olhando para ela.

Ela dá vários pequenos passos para trás, seus calcanhares batendo na borda da parede. Não há outro lugar para ela ir.

Eu a tenho presa.

O calor irradia de seu corpo. O corredor parece quente, abafado e sufocante. Estou cansado de seus jogos e travessuras. Por que ela não pode simplesmente entregar o anel?

Ela jogou fora?

Jogou no vaso sanitário?

Ela me odeia tanto assim?

Não consigo imaginar que tipo de pessoa roubaria da máfia. Então, novamente, ela provavelmente não percebe que somos esse tipo de família.

Seus olhos estão arregalados e brilhantes. Suas mãos tremem em seus lados.

Finjo não notar o medo enquanto a prendo. Minha mão encosta na parede, não a deixando escapar, mesmo que ela queira escapar.

Ela não tentou correr ou fugir.

Eu não consigo entender o porquê.

"Se você quer sua liberdade, você vai devolver o anel da minha esposa morta que você roubou."

Sua pálpebra se contrai por um breve segundo. Há algo por trás de seu olhar que eu não reconheço.

É raiva? Ressentimento?

"Você cheira isso?" Pergunta Paige.

Essa não é a resposta que eu esperava.

"O quê? Isso é um jogo para você?" Minha voz ecoa pelo corredor.

O cheiro vem da sala de jogos e queima minhas narinas.

Fumaça.

DEZENOVE
PAIGE

ASSIM QUE MEU chefe mal-humorado me repreende por roubar, algo que não fiz, sinto cheiro de fumaça.

Quando ele finalmente percebe que eu não estou tentando enganá-lo para fugir, corremos para a sala de jogos a poucos metros de nós.

As cortinas estão em chamas.

Nova fica perto do fogo, congelada. As chamas a envolvem enquanto ela tosse por causa da fumaça.

"Nova!" Eu grito.

Uma fumaça espessa se espalha ao redor da sala enquanto o fogo se espalha rapidamente de uma superfície para outra. Os brinquedos são de madeira e papel, altamente inflamáveis.

O fogo rola pelas paredes e até o teto.

"Vou pegar Nova. Pegue um extintor de incêndio!" Eu grito para Moreno. Quanto mais esperarmos, menos provável que o fogo permaneça contido.

Corro para a sala de jogos, tossindo com a fumaça espessa enquanto agarro a garotinha e a carrego para fora da sala de jogos.

O detetor de fumaça sinaliza e emite um tom de alta frequência. Está ligado a todos os detetores de fumaça dentro das instalações e todos disparam.

Moreno volta correndo com um extintor de incêndio, apagando as chamas, mas não é suficiente.

Mais dois guardas, agora cientes da ameaça iminente, trazem extintores de incêndio adicionais de outras partes da casa, usando as latas para abafar o incêndio.

Dante está atrás deles com mais um extintor de incêndio, e Nikki está conduzindo Luca escada abaixo em direção à porta da frente. "Devo ligar para o 9-1-1?" Nikki pergunta com a sua mão em seu telefone.

"Não, nós o sufocámos", diz Moreno.

O fogo está apagado, mas a fumaça ainda paira pela sala de jogos e se estendeu além do corredor.

"Abra as janelas e alguém desligue esse maldito alarme!" grita Moreno.

"O que diabos aconteceu?" Dante olha de Moreno para mim. Como se eu tivesse algo a ver com isso.

Os braços de Nova estão em volta do meu pescoço, e eu a coloco no meu quadril. Seus dedos se atrapalham com alguma coisa. Não sei bem o que é quando ela cai no chão com um baque.

Um isqueiro.

"Onde diabos ela conseguiu um isqueiro?" Moreno se abaixa e pega o isqueiro descartável do chão.

Merda.

Nova fez isso?

Tenho certeza que foi um acidente.

Ela não poderia saber o que estava fazendo e os danos e perigos que ela causou.

"Você deu isso para ela?" Moreno me encara, me mostrando o isqueiro.

"Claro que não!"

Como ele pode pensar que eu daria um isqueiro para uma criança de quatro anos? Ele vai me acusar de dar fósforos a ela ou dizer a ela para enfiar um garfo em uma tomada elétrica em seguida?

"Desculpa", a voz suave e frágil de Luca vem da porta. Seu lábio inferior treme.

"Filho, onde você conseguiu o isqueiro?" Dante pergunta com um pouco de calma demais enquanto se aproxima de Luca, curvando-se ao seu nível.

Eu engulo nervosamente. Embora eu não tenha nada a ver com isso, estou com medo de que o garoto minta e me jogue aos lobos.

"Uma das crianças trouxe para o acampamento", diz Luca. "Eu escondi na sala de jogos. Eu não sabia que Nova iria encontrá-lo."

"Falaremos sobre isso mais tarde", diz Dante. "Abra as janelas. Precisamos limpar a fumaça."

Dante volta sua atenção para Moreno. "Por que a babá não estava cuidando da sua filha?"

Os lábios de Moreno se apertam. "Estávamos discutindo e deixámos Nova jogar sozinha na sala de jogos. Não esperávamos que ela tropeçasse em um isqueiro."

Ele está defendendo sua filha.

Boa.

Dante dá um aceno afiado. "É um alívio ninguém ter se machucado. Quero falar com você, Moreno."

"Claro, chefe. Paige, leva Nova para fora para apanhar ar fresco no jardim. Passe pela cozinha."

Não preciso de escolta e fico feliz que Moreno me deixe acompanhar Nova sozinha até o jardim.

O ar fresco é bem-vindo e, no momento em que estamos do lado de fora, Nova se mexe para sair do meu alcance.

Eu coloco os pés dela no pátio de tijolos e sento no banco de madeira. O jardim é pequeno, intimista e tem uma variedade de vegetais brotando.

Nova se inclina para a frente e aponta para a floração das ervilhas. Algumas estão prontas para serem colhidas. Eu as torço, uma por uma, e as entrego para Nova.

Ela enfia um na boca e mastiga alto, alegremente distraída.

O medo do fogo parece ter desaparecido por enquanto.

Ela terá pesadelos esta noite ou no futuro por causa do incêndio?

Eu alcanço Nova e a puxo para o meu colo para uma pequena conversa. "Você pegou o anel da sua mãe no quarto do seu pai?"

Embora eu não tenha visto o anel, suspeito que ela esteja guardando alguma culpa por isso.

Seus olhos caem no chão, e ela se mexe novamente para se afastar de mim.

"Eu não estou brava", eu digo com uma voz suave e calmante. Assustá-la não vai ajudar. Nem a repreender."

"Seu pai está triste porque o anel se foi. Ele sente muita falta da sua mãe. Aposto que você sente falta dela também."

Nova lentamente olha para mim com olhos brilhantes e dá um breve aceno de cabeça.

"Você sabe onde está o anel?" Eu pergunto.

Seus lábios estão apertados juntos.

Moreno nunca vai me deixar sair.

VINTE

MORENO

SEM DIZER NADA, ela carrega Nova pelo corredor, mais para dentro da casa para o jardim lá fora. Não quero que elas se afastem da propriedade, e tenho de ser muito cauteloso com os DeLucas por aí, ainda caçando minha família.

Nikki e Luca saem pela porta da frente, com Leone escoltando-os durante a tarde.

Os guardas continuam a abrir as janelas para limpar o restante da fumaça. Entramos na biblioteca e fazemos o mesmo, abrindo a janela, que dá para o jardim.

Eu pego um vislumbre de Nova e Paige sentadas em um banco juntas.

"Você volta por cinco minutos e o lugar está praticamente em chamas", diz Dante.

"O que posso dizer? Eu sou irresistível."

Dante bufa alto. "Mantenha-o em suas calças. Eu não preciso de você queimando o complexo com o calor que vocês dois emitem."

Eu reviro os olhos. "Engraçado. Nada está acontecendo entre nós." Ele não percebe isso?

Claro, como ele poderia? Ele não sabe que Paige roubou de mim.

Eu digo a ele?

Se eu fizer isso, ele vai esperar retribuição. Eu não o culpo. Ninguém rouba da nossa família, nunca.

Se eu não fizer isso, então eu a estou protegendo, e por que eu deveria fazer isso? Ela me traiu. Eu não devo nada a ela.

"Certo", diz Dante e dá um sorriso de lado. "Nada tão quente que você não tenha notado Nova brincando com o isqueiro e acendendo um fogo?"

"Nós estávamos tendo um desentendimento", eu digo.

Não é mentira.

Dante bufa baixinho. "Normalmente, eu diria para você transar, transar com a babá e se livrar da tensão sexual, mas merda. Se sua filha está iniciando incêndios para chamar sua atenção, talvez você precise mantê-lo em suas calças, Moreno.

Não foi isso que aconteceu.

Mas eu vi o ponto dele.

"Não vai acontecer de novo."

Paige deveria estar observando Nova, e ela não estava porque eu a encurralei no corredor. Eu não queria admitir que tê-la pressionada contra a parede fez meu pau se contorcer em minhas calças.

Ela tinha esse efeito em mim.

Porquê?

"Eu acho que você deveria transar com ela," Dante diz.

"Você não está falando sério." Ele pode ter gostado de transar com muitas antes de se ficar com Nikki, mas eu nunca fui assim.

Dante nem sequer sorri. "Estou falando sério. Sua esposa se foi e você merece ser feliz. Ela parece ser boa com Nova, e está claro que você tem tesão por ela."

"Eu não."

"Mentiroso", diz Dante.

"Cale-se." Não há muitas pessoas que podem se safar falando com seu chefe assim. "Eu não posso acreditar que você está me encorajando a fodê-la."

Ele ri baixinho. "Eu te levaria para o bar para te ajudar, mas não vejo você pegando uma garota para fazer sexo. Esse não é o seu estilo. A babá, no entanto, ela é gostosa. É uma coisa boa que eu já tenho mulher. A menos, é claro, que ela esteja interessada em trios. Eu poderia perguntar a Nikki—"

"Não se atreva!"

Um sorriso estala em seu rosto.

Ele sabe exatamente o que dizer para chegar até mim, e funcionou.

"Não te incomodaria se você não a achasse atraente."

Esse nunca foi o problema. Paige é muito atraente. Inúmeras vezes, eu a despi mentalmente e imaginei dirigir meu pau dentro de seu calor.

"Atração não é o problema. Ela é a babá da minha filha."

Dante dá de ombros. "Onde está o problema? Se não der certo, ela desiste. Paige não vai ficar por aqui depois que você grudar nela. Então, você terá que encontrar nova ajuda, mas enquanto isso, você pode seguir em frente e talvez não ficar tão mal-humorado o tempo todo.

"Eu não sou mal-humorado."

"Certo, e o sol não nasce todos os dias. Você é Oscar, o Grouch. Basta perguntar a Nova."

Meus olhos se contraem.

Nova não fala. Pelo menos não mais.

Ele sabe disso.

Mas ela costumava falar o tempo todo, e ele não ignora o fato de que ela está calada desde que sua mãe morreu.

Serene não é a única que morreu naquele dia.

A babá de Nova também foi assassinada. Não posso deixar de me perguntar se Nova testemunhou, e é por isso que ela ficou muda.

VINTE E UM

PAIGE

NOVA E EU passamos a maior parte da tarde no jardim. Seria fácil escalar a pequena cerca branca, mas até onde chegaríamos? O perímetro é vigiado.

Desde que Moreno ameaçou que eu não poderia deixar o local até que o anel fosse devolvido, ainda não tentei sair.

Foram apenas algumas horas.

Mas a sensação sufocante de ser mantida contra a minha vontade é suficiente para me deixar impaciente.

Eu preciso sair.

Nova é minha prioridade durante o dia, e enquanto ela está acordada, não vou perdê-la de vista. Principalmente depois do incêndio.

Nós jogamos fora por várias horas. Leone nos traz o almoço enquanto os trabalhadores entram e saem da casa, fazendo reparos na sala de jogos.

Felizmente, não houve nenhum dano estrutural, de acordo com Leone. À medida que o jantar se aproxima, somos levadas para dentro para comer na cozinha.

Não falei com Moreno, muito menos o vi. Ele nem sequer reconheceu a existência de Nova ou a minha.

Ele está com raiva que Nova fez o fogo? Ela não poderia saber que o que estava fazendo era perigoso.

O isqueiro não demorou muito para acender a chama, apenas um movimento da tampa para trás. Sem segurança. Sem trava à prova de crianças.

Era um desastre esperando para acontecer.

Quem diabos o trouxe para um acampamento infantil? Tinha sido outro garoto?

Não há muito que eu possa fazer. Luca não é minha responsabilidade e estou confiante de que Dante e Nikki vão lidar com a situação.

Depois do jantar, Rhys nos leva para o andar de cima, garantindo que fiquemos longe da sala de jogos enquanto os reparos continuam.

A fechadura se encaixa no momento em que a porta é fechada atrás de nós.

"A sério?" eu murmuro.

Por que Moreno está nos trancando em nosso quarto?

E se houver outro incêndio?

Ele está preocupado que eu tente escapar, ou com os trabalhadores no andar de baixo?

"Que tal você se limpar em um bom banho quente e depois ler uma história antes de dormir?"

Nova torce o nariz. Ela não gostou da minha sugestão. Acho que é a parte que envolve ir para a cama. Não conheço nenhuma criança que goste de dormir.

Como adulta, estou ansiosa para dormir à noite.

"Vamos. Vou deixar você escolher dois livros esta noite."

O sorriso se alarga em seu rosto enquanto ela me segue até o banheiro.

Já há uma toalha limpa, e eu pego a água do banho dela enquanto ela se despe sem nenhuma ajuda.

Banhá-la é uma prioridade. Eu não percebi o quanto as roupas dela cheiram a fumaça, mas quando eu as pego para jogar no cesto, sinto um cheiro extra e limpo a garganta, tentando não tossir.

Minha garganta está seca e áspera.

Ela brinca com seu patinho de borracha no banho enquanto eu lavo seu cabelo e a deixo bem limpinha.

Ainda quero encontrar o anel que ela roubou antes que esqueça onde o escondeu.

Ela termina o banho, e eu a seco e a ajudo a vestir o pijama. "Você se lembra do anel que você pegou emprestado do seu pai?" Eu pergunto.

Não quero acusá-la de roubar, mas ela parecia extremamente culpada antes, quando o assunto foi mencionado.

Ela aperta os lábios, mas não responde verbalmente.

Não que eu espere que ela me diga onde está.

Mas ela vira a cabeça e seus olhos olham para sua girafa de pelúcia. Ela cutuca a bunda da girafa, batendo nela e puxando a aba para baixo. Há um compartimento secreto em seu brinquedo.

Nova revela o anel de diamante cintilante.

Eu estendo minha mão para ela colocar na minha palma.

Ela está hesitante no início antes de depositar o anel na minha mão e, sem palavras, o mete sob as cobertas da cama.

"Obrigado." Eu beijo sua bochecha e coloco o anel no meu dedo para não o perder. Eu nunca me perdoaria se algo acontecesse com ele, e sei que Moreno também não.

Eu li suas duas histórias de ninar como prometido antes de aconchegá-la e sair de seu quarto. Eu fecho a porta ao lado na maior parte do caminho. Se ela precisar de mim, espero que ela venha me encontrar durante a noite.

Até agora, ela tem dormido profundamente, mas depois do incêndio hoje, não posso deixar de me preocupar com ela.

Tomo banho, limpando-me do cheiro de fumaça que permeia minha pele. Posso sentir o cheiro nas minhas roupas sujas e enfio os lençóis no cesto.

Eu coloco uma camiseta grande e uma calcinha e entro debaixo das cobertas com meu eReader. Estou cansada e não tenho certeza se consigo ler nem mesmo algumas páginas, mas ainda não estou pronta para dormir.

O sol ainda está no céu.

Ele se põe tarde no verão e, embora as cortinas do quarto ajudem, ainda há luz espreitando pelas cortinas.

Meu telefone vibra com uma mensagem na mesa de cabeceira.

Eu alcanço o dispositivo. Não há muitas pessoas que têm o meu número.

Ei, é Ariella. Como está o grande e mal-humorado chefe?

Eu sorrio e não posso deixar de rir. Eu nunca disse a ela que ele era mal-humorado ou um mandão, mas é como se ela pudesse ler minha mente. Ela conhecia Nova antes de sua mãe falecer, então talvez ele sempre tenha sido tão difícil de lidar. Eu tinha assumido que era porque sua esposa morreu, mas eu não o conhecia antes de sua morte.

Ele é um punhado.

Aposto. Você quer vir neste fim de semana para um dia das meninas? Eu tenho vinho.

Isso soa perfeito, mas Moreno me daria o dia de folga?

Não tenho certeza se posso escapar, mas vou tentar.

Escapar? O quê, você está cativa?

Começo a digitar sim, mas rapidamente apago. Eu não preciso dela chamando a polícia e fazendo mais confusão da minha situação.

Muito engraçado. Eu vou deixar você saber se eu conseguir fugir.

OK. Aproveite sua noite de sexta-feira!

Eu ri baixinho. Sim, estou curtindo minha sexta-feira trancada no meu quarto com uma criança de quatro anos no quarto ao lado.

Ela me manda o endereço dela, só por precaução. Largando o telefone de volta na mesa de cabeceira, mergulho no meu livro.

Nem dois minutos depois da minha história, a porta adjacente se abre com um rangido.

"Nova?" Olho para a porta e encontro Moreno parado ali, olhando para mim novamente.

Ele está planejando tornar um hábito entrar no meu quarto sem avisar?

Coloco meu tablet na cama e olho para ele.

Ele está vestindo jeans e uma camiseta preta. Seu cabelo está um pouco bagunçado. Parece que ele estava ajudando com os reparos na sala de jogos. Há tinta seca em seu jeans e uma mancha em seu braço e bochecha.

"Nova desceu para a cama sem nenhum problema." Eu só posso imaginar que ele veio ao meu quarto para falar sobre sua filha.

Depois do dia que tivemos, não o culpo por querer dar uma olhada nela, especialmente porque ele parecia inexistente durante a tarde.

"Isso é bom. E eu vi você dar banho nela." Ele se senta na beirada da minha cama.

"Sim, nós duas meio que fedemos depois do incêndio", eu digo.

Moreno cheira bem, mesmo com suor, sujeira e fumaça na pele. Ele provavelmente não deveria estar sentado na minha cama agora, mas eu não me importo.

Eu gosto de sua atenção e sua companhia. Eu tento não olhar por muito tempo antes de desviar meu olhar.

"Ouça, eu estava pensando se eu poderia ter folga amanhã. Eu gostaria de ir-"

"Não." A resposta de Moreno é curta e curta. "Eu disse a você, você não vai a lugar nenhum."

Tiro o anel do dedo e entrego o anel de diamantes a Moreno. "Encontrei o anel de sua esposa."

Ele ri sombriamente e balança a cabeça. "Eu esperava estar errado sobre você. Sobre isso," ele diz, pegando a pequena joia da minha mão. "Mas, aparentemente, eu não estava."

Moreno está de pé. "Estou dececionado com você."

"Eu não sou sua filha ou uma criança em quem você pode mandar."

"Não, você é minha funcionária, a babá do meu filho", ele diz com tanto desgosto que revira meu estômago.

Ele acha que é melhor do que eu? Ele certamente age assim com o nariz levantado e aquele sorriso presunçoso estampado em seu rosto.

Eu quero tirar aquele sorriso. Provar a ele que sou mais do que apenas uma babá.

Ele se dirige para a porta ao lado. Mesmo que ele quisesse escapar da porta do meu quarto, não imagino que ele consiga. Provavelmente ainda está trancada do lado de fora pelos guardas.

"Sou uma babá melhor para sua filha do que você é um pai", murmuro ao sair.

Moreno para em suas trilhas.

Merda.

Ele me ouviu.

VINTE E DOIS
MORENO

NÃO É RUIM o suficiente que Paige se atreva a me roubar e depois usar o anel de Serene em seu dedo como se ela fosse minha noiva, mas depois ir e dizer que ela é uma mãe melhor para minha filha do que eu?

A audácia dela!

Bem, tecnicamente, ela não usou a palavra mãe, mas é a mesma coisa.

Eu não posso deixar isso passar.

Eu deveria sair. Deixá-la em paz e me enterrar no trabalho.

Até o sono seria uma distração acolhedora.

Mas meus pés me levam de volta. Talvez seja meu coração interferindo. Minha cabeça certamente está no lugar certo, gritando para eu sair antes que eu faça algo que me arrependa.

"Com licença?" Eu dou dois passos. Meus passos não são suaves e silenciosos.

Espero não acordar Nova do sono, mas não posso ficar mais quieto do que já estou. Este sou eu mantendo-me o mais quieto possível.

Minha voz ressoa enquanto rosno para Paige.

Seus olhos se arregalam e ela fecha os lábios.

Sim, ela não achou que eu a ouvi. Bem, eu ouvi. "Se importa de dizer isso de novo na minha cara?"

É um desafio.

Ela aperta os lábios, rolando-os entre os dentes.

Meu olhar demora mais do que deveria em seus lábios, mas ela não diz nada se percebe.

"Vou tirar folga amanhã," Paige diz.

Meu Deus, a garota não tem noção de não deixar o complexo? "Você não vai embora até que eu permita."

"Com licença?" ela bufa e se senta na cama, empurrando as pernas sobre a borda. "Eu não sou uma garota que você pode esconder e manter em cativeiro."

Ela não percebe que estou mantendo-a aqui para protegê-la?

Vance virá atrás dela. E quando ele a encontrar, ele vai torturá-la, estuprá-la e matá-la. É um jogo para ver o que ele pode fazer para destruir minha família e quanto tempo sobreviveremos.

Ela não entende.

Como ela poderia? Não fui exatamente aberto e honesto com ela sobre a morte de Serene ou Laura, nossa última babá.

"Você honestamente acredita que eu estou mantendo você aqui para o meu prazer?" Eu rio do absurdo de sua sugestão. "Você é a babá de Nova e eu tenho um lugar para estar amanhã. O que significa que você estará aqui, cuidando da minha filha.

Sua testa franze.

As engrenagens devem estar entrando na cabeça dela.

"Então você não terá problemas se eu a levar comigo para o dia?"

Eu jogo minhas mãos no ar. "Você realmente não pode ouvir? Você não vai embora. Nova não vai embora. Se você der um passo para fora, vou mandar os guardas te prenderem e te isolarem em seu quarto pelo próximo mês," eu fervo.

Ela está testando minha paciência.

"Não podemos ir a lugar nenhum?" Pergunta Paige. Sua mandíbula está praticamente no chão.

"Eu vou deixar você saber quando você pode sair para um passeio, e você será obrigada a trazer um dos guardas com você."

"Ótimo, um espião", diz ela baixinho.

Ela não está errada. Leone foi informado para relatar qualquer coisa importante, e depois que ela se encontrou com Ariella, não pretendo dizer a ele para parar. "Você deveria tomar cuidado com seu tom e sua língua."

Paige me parece uma garota que provavelmente se meteu em muitos problemas na adolescência, testando os limites, levando seus pais ao limite.

Só posso esperar que Nova não seja assim quando ficar mais velha. Mas também, com Paige como sua babá, será inevitável?

"Você terminou?" Paige pergunta, pegando seu eReader. "Gostaria de voltar ao meu livro."

"Eu vou te dizer quando terminarmos." Eu me aproximo, pegando seu tablet e jogando-o mais longe na cama queen-size, fora de seu alcance.

Ela abre a boca para protestar. Uma carranca cruza suas feições quando eu me inclino e roubo um beijo junto com sua respiração.

Nunca vi Paige ficar calada, nunca.

Talvez eu devesse seguir o conselho de Dante e baixar a guarda e ceder à tentação. Ela é ardente, e a tensão entre nós chia no ar.

Embora eu tenha amado Serene, a energia entre nós nunca esteve tão carregada como esta. A tentação é impossível de ignorar, especialmente o gemido que ela emite do fundo da garganta enquanto nos beijamos.

Droga.

Ela sabe como me deixar impotente.

Um beijo, e estou disposto a dar-lhe qualquer coisa.

Até mesmo sua liberdade.

Mas não posso ceder.

Eu não vou ceder.

A segurança dela é minha prioridade, e se eu permitir que ela vá embora, ela pode nunca ver outro nascer do sol. Eu me afasto do beijo, meus lábios formigam e meu coração bate descontroladamente contra minhas costelas.

Paige se inclina para outro beijo.

Mas eu recuo para detê-la.

VINTE E TRÊS

PAIGE

DOIS MINUTOS ATRÁS, estávamos discutindo sobre ele não me deixar sair, muito menos tirar Nova da propriedade, e então ele decidiu me beijar.

Eu deveria estar com raiva dele, mas o beijo derrubou minhas defesas.

Eu quero mais.

Meus dedos agarram sua camisa, puxando-o para baixo em cima de mim enquanto desejo outro beijo quente com meu chefe.

Aquela vozinha irritante na minha cabeça me lembra que ele é um bad boy.

Sarilho.

A pior escolha que eu poderia fazer - o maior erro da minha vida.

Só há uma maneira de silenciar essa voz.

E isso é com outro beijo.

Os lençóis estão amontoados entre nós enquanto nos beijamos, e levanto meus quadris o suficiente para empurrar os lençóis para baixo com os joelhos. Estou quente e suada entre seus beijos e os cobertores, e é demais.

Mas não quero afastar Moreno.

Eu quero mais dele.

Eu quero mais com ele.

Embora eu saiba que devo parar, não posso. Meus dedos deslizam sob sua camiseta preta, e eu corro minhas palmas contra sua pele.

Um beijo leva a dois.

Estamos emaranhados juntos, os lençóis entre minhas pernas enquanto ele prende meus braços acima da minha cabeça com uma mão.

Seus dedos deslizam sobre meu estômago, as pontas de seus dedos macias e provocantes enquanto dançam sobre minha camiseta.

Eu me sinto parcialmente nua apenas com uma camiseta e calcinha, mas não me importo.

Ele ficará surpreso e satisfeito ao descobrir a tanga de renda roxa? Eu usei para ele.

Não que eu tenha pensado que ele veria em mim, mas eu coloquei, animada com a fantasia de que ele poderia ver.

"O que você quer?" Moreno pergunta, olhando para mim.

Ele ainda tem meus braços presos contra o colchão, presos acima da minha cabeça.

Meu peito sobe e desce com cada suspiro de ar e respiração que eu tomo.

"Você", eu sussurro para ele, já ofegante.

A última coisa que quero é que ele pare ou se afaste e deixe as coisas inacabadas entre nós.

Moreno se inclina para outro beijo ardente, sua língua passando pelos meus lábios e entrando na minha boca.

Ele sabe beijar uma mulher, beijá-la de verdade.

Felizmente, já estou deitada na cama, ou estaria caindo no chão, com os joelhos fracos.

Minhas costas arqueiam para fora do colchão enquanto nos beijamos. Eu quero senti-lo pressionado firmemente contra mim. Eu anseio por seu toque.

Eu envolvo minhas pernas ao redor dele, puxando-o para mim enquanto eu gemo.

Seu peso me esmaga da melhor maneira possível, me fazendo sentir segura.

Moreno resmunga e depois se afasta, suas mãos me soltando enquanto ele me solta e desce da cama.

Não sei o que aconteceu. Fiz algo de errado? "Moreno?"

"Não", ele retruca. "Você não pode usar o sexo para consertar o que você fez." Ele ajeita as calças e tira o pó da camisa, como se isso fosse apagar os últimos minutos e os sentimentos junto com isso.

"Eu não estou usando-"

"Não quero ouvir", diz Moreno. "Você roubou o anel de Serene." Ele bufa no caminho de volta pela porta adjacente e sai do quarto de Nova.

"Foda-se", eu gemo baixinho e agarro o travesseiro ao meu lado, cobrindo meu rosto com ele enquanto grito de frustração.

———

Moreno tem um jeito de me evitar.

Depois do que aconteceu no meu quarto há mais de uma semana, não o vejo durante mais de um ou dois minutos.

Ele está fazendo tudo o que pode para ficar longe de mim.

E normalmente, isso seria bom. Não é como se eu alguma vez quisesse passear com meu chefe antes. Mas Moreno não é um chefe qualquer.

Estar em sua presença traz borboletas ao meu estômago. No entanto, não tenho certeza se isso é motivado pelo medo ou pelo desejo.

Pode ser os dois.

Sem dúvida, ele é um homem poderoso, e esse nível de confiança e controle que ele oferece, acho emocionante. Ele é diferente de todos que eu já conheci.

Será que algum dia saberei mais sobre ele?

Nikki pode revelar alguns detalhes se eu puder encurralá-la, mas eu quero ouvir isso dele.

Eu quero falar com ele. Sinto que preciso explicar sobre o anel de Serene, exceto que não posso sem trair Nova.

A garota já não sofreu o suficiente?

A porta do quarto de Nova se abre e eu sei que Moreno verifica a filha todas as noites, mas ele não vem mais ao meu quarto.

Provavelmente é o melhor.

Pelo menos é o que eu digo a mim mesma. Mas não estou feliz com a decisão dele. Eu quero conhecê-lo.

Por alguma razão louca, eu gosto de estar perto dele. Eu honestamente não tenho certeza do porquê. O que temos está longe de ser amor. É atração. Desejo. Luxúria. Talvez química. Não estou convencida de que seja algo mais do que físico.

E enquanto eu normalmente não me jogaria em um relacionamento com um homem para quem estou trabalhando, também não posso me impedir.

Procurá-lo é como um passeio emocionante no parque de diversões.

Eu anseio por um olhar dele, um olhar longo e duro.

Também seria bom se ele não me odiasse no processo.

É tarde e Nova está dormindo profundamente.

Espero Moreno ver como ela está na cama antes de encurralá-lo, saindo silenciosamente da cama e entrando no quarto de Nova.

Moreno nem olha para mim. Ele sente minha presença, no entanto. Ou talvez ele me tenha ouvido entrar. Tentei não fazer barulho, mas as tábuas do assoalho rangem.

"Volte para a cama", ele sussurra asperamente para mim.

Eu não o escuto.

Moreno aponta para a porta aberta do quarto para que eu volte ao meu quarto.

Ele pode querer que eu o oiça, mas não tenho intenção de voltar para o meu quarto sozinha. Em vez disso, cruzo os braços sobre o peito.

Considerando o quão teimoso ele foi a semana toda, é a minha vez.

O quarto de Nova está escuro, exceto pela luz noturna.

Ele parece exausto e desgastado. É trabalho mantê-lo preocupado ou algo mais?

Eu?

Não, eu não tenho muito poder.

Quando eu não cedo, ele finalmente cede e gesticula para que eu o siga até o meu quarto.

Boa. Podemos finalmente conversar, esclarecer as coisas. Talvez eu possa convencê-lo a me deixar tirar Nova da propriedade por uma tarde.

Ele estende a mão, e eu entro no meu quarto e me viro, apenas para encontrar a porta adjacente fechada nos meus calcanhares.

Desgraçado!

VINTE E QUATRO
MORENO

NÃO CONSIGO DORMIR. Eu não estou necessariamente tornando mais fácil para qualquer outra pessoa na casa dormir também.

Nova, felizmente, tem um sono profundo.

Mas depois de bater a porta atrás de Paige, preciso de espaço e, mais importante, de tempo.

Hora de descobrir o que diabos eu vou fazer.

"Nós vamos sair", diz Dante enquanto sai de seu quarto.

"O quê?" Não me lembro da última vez que nós dois saímos para se divertir e não para negócios. Desde que ele foi amarrado a Nikki, a festa, dormir com qualquer garota com pulso, foi domada."

É uma visão rara de se ver e estou feliz por ele.

Dante merece Nikki. Ela certamente não era uma presa fácil.

Ele me pega pelo braço e me leva escada abaixo, longe do quarto de Nova e, mais importante, do quarto de Paige.

"Está claro que você precisa de uma noite fora, longe do que quer que vocês dois estejam fazendo." Dante costuma ser mais direto.

Prevejo que ele vai me perguntar sobre Paige enquanto estivermos fora de casa, o que é bom. Só não quero que ela escute nossa conversa. Não que eu a tenha descoberto espionando, não descobri. É apenas o anel, o fato de que ela o roubou, que não consigo largar.

Como eu poderia?

Mas eu não posso confiar em Dante, ou ele vai chutar a bunda dela.

Por que eu quero protegê-la?

"E Nikki?"

"Eu não preciso da permissão dela", diz Dante e sorri. "Ela está fora hoje à noite com suas amigas."

Eu ri baixinho. A sugestão de Dante é sairmos por ele ou por mim? "E as crianças?"

"A babá está aqui, certo?"

Eu dou um aceno fraco.

"Não me faça mandar você sair comigo e se divertir." Dante me dá um tapa nas costas e me empurra para a frente para segui-lo até a porta.

Ele faria isso para insistir que eu me juntasse a ele esta noite. "Não são necessárias ordens, chefe."

———

"Você não pode me dizer que nenhuma das garotas aqui é atraente", diz Dante.

Eu juro que ele está tentando me fazer transar.

Estamos na sala VIP do bar que ele possui. É um pouco decadente para o meu gosto. A bartender traz uma garrafa de uísque para Dante. Elas conhecem sua preferência. É uma das vantagens de possuir o estabelecimento.

Ela traz dois copos vazios com a garrafa e um refrigerante ao lado para mim. Por que ela traz um copo de uísque vazio para mim é desconcertante, mas esta noite, eu poderia realmente me entregar a beber.

Qualquer coisa para evitar sentir — o quê, exatamente?

A última vez que estive aqui foi quando entrevistei a Paige.

Dante serve um copo de uísque para si mesmo, e eu gesticulo para ele me servir um também.

Ele sempre pede top-shelf.

"Quem disse que esta garrafa era para você?" Dante ri e me serve uma bebida. "Ela deve estar mexendo com sua cabeça."

Pego o copo da mesa e olho para ele. "Quem?"

Dante pega sua própria bebida e brinda nossos copos como se estivéssemos brindando. "A nova babá. Ela é sexy. Eu tenho que admitir, se você a contratasse por sua aparência, eu não o culparia. Ela tem uma bela bunda quando anda. Inferno, até Nikki acha que ela é gostosa."

"Ela não disse isso." Eu não acredito nele.

Ele dá de ombros e toma um gole de uísque, sem admitir se o que Nikki disse era verdade ou não.

Ele não está errado, no entanto. Paige é uma fantasia para mim, e eu me odeio por como ela me faz sentir. Seria mais fácil ficar entorpecido por dentro, como antes de conhecê-la, depois da morte da minha esposa.

"Você vai me dizer o que aconteceu entre vocês dois?" Dante pergunta, mas tenho a nítida sensação de que ele não está realmente perguntando. Ele está esperando que eu explique o porquê de toda a tensão e evitação ultimamente.

Fiz tudo o que pude para não passar mais de dois minutos com Paige na semana passada.

"Nada."

"E o fogo?" Dante pergunta, inclinando a cabeça, olhando para mim.

Isso tem estado em minha mente, colocando Nova em primeiro lugar e certificando-me de que ela não está se metendo em problemas.

"Sinto muito pelo dano—"

Dante acena com a mão com desdém. "Já passámos disso, Moreno. Luca nunca deveria ter trazido para casa um isqueiro do acampamento, muito menos deixado na sala de jogos para Nova descobrir. Estou perguntando sobre Paige."

Ele sempre foi direto comigo. Nós dois somos diretos, mas desta vez eu não quero contar a ele sobre Paige.

Quando tomo outro gole de uísque e faço uma careta, ele ri e leva o copo aos lábios.

"Uau. Você prefere beber do que falar. OK." Ele engole seu copo de uísque e serve uma segunda bebida para si mesmo.

Embora eu prefira beber pouco, é falar ou enfiar algo na minha boca para não ter que falar, o que significa beber uísque.

Eu bebo a bebida e encho o copo rapidamente.

Talvez solte meus lábios e afunde o navio inevitável. Poderia muito bem ser a porra do Titanic.

"Deixe-me adivinhar. Vocês dormiram juntos e ela se arrepende." Dante dá uma facada na nuvem que paira acima de mim.

Ele está errado.

Talvez eu devesse deixá-lo acreditar que é por isso que estou chateado, mas eu não transei com ela. Claro, nós nos beijámos. Eu queria pegar nela na cama e mostrar a ela como é ser consumida completamente por uma pessoa, mas não é nada mais do que uma fantasia passageira.

"Eu não a vi nua."

Dante bufa.

"Não significa que você não pode fazê-la gritar o grande 'o' mesmo com suas roupas ainda vestidas."

Reviro os olhos para sua grosseria. "Ela roubou de mim."

Porra.

Eu não ia contar a ele.

Jurei a mim mesmo que o segredo ficaria entre Paige e eu. Pego a garrafa de uísque e me sirvo de um segundo copo.

Já estou contando todos os meus segredos e mal bebi nada.

Dante costumava brincar que eu sou o pior mafioso – aquele que odeia bebida. Não é que eu odeie o sabor ou o efeito que tem em mim.

A verdade é que odeio o que isso fez com meu pai, como o transformou em um monstro. E eu não quero me tornar aquele homem, aquele que bate na mulher e no filho.

Jurei que nunca me tornaria isso, mas aqui estou eu, tomando uísque como meu velho.

Eu evitei isso toda a minha vida como uma praga, mas sei que uma noite não vai me transformar nele. Embora ainda não amenize o golpe enquanto encho meu copo novamente e engulo o líquido âmbar enquanto derramo meus pensamentos para Dante.

"Eu peguei Paige usando o anel de casamento de Serene."

A boca de Dante está aberta.

Eu rio sombriamente e termino meu terceiro copo de uísque antes de servir o quarto.

"Eu deixei você sem palavras", eu digo.

Dante segura o copo na mão e gira o uísque por um tempo. "Tem que haver mais na história."

Ele não está errado. Quando Dante está errado?

Não quero confessar que fui procurar o anel para ela usar na sessão de terapia. Dante não sabe que Paige me acompanhou, fingindo ser a mãe de Nova.

Quando eu fodi minha vida?

Dou a ele a versão condensada e o encaro de volta, esperando para ouvir o que ele tem a dizer.

Ele está quieto. Eu nunca vi Dante tão silencioso.

Merda.

Eu o deixei sem palavras duas vezes?

"Ainda acho que há mais na história. Por que Paige vasculhou sua cômoda e roubou o anel?" pergunta Dante. "Ela tinha que saber que seria pega."

"Por que alguém rouba alguma coisa?" Eu jogo meus braços no ar.

Dante marca os dedos com cada resposta que dá. "Dinheiro. Atenção. A emoção de ser pego."

Não acredito que seja por isso que Paige roubou o anel. "Não." Eu não posso deixar de lado o fato de que ela usava quando eu a vi na cama.

"Ela pode estar obcecada por você e quer se casar com você."

Eu não acho o tipo de humor dele nem um pouco engraçado agora.

"Você quer minha sugestão ou não?" pergunta Dante.

"Eu preferiria chafurdar na minha miséria." Eu sirvo outro copo de uísque, e Dante pega a garrafa, impedindo-me de tomar mais.

"Você bebeu o suficiente e estou cansado de ver você deprimido. Ela é uma mulher bonita e, embora eu não goste de ladrões, é difícil imaginar que ela roubou o anel para penhorar quando foi pega usando." Ele estala os dedos como se uma ideia o tivesse atingido.

"O quê?" Não tenho certeza se estou pronta para ouvir o que quer que ele esteja prestes a sugerir.

"Paige provavelmente tem uma queda por você e foi bisbilhotar. Talvez ela tropeçou no anel, colocou-o para fingir ser casada com você e não conseguiu tirá-lo?

"Você assiste muita televisão", murmuro. Não tem como isso ter acontecido. Isso não soa nem um pouco como algo que Paige faria.

Além disso, ela o tirou e me entregou. Não parecia travado. Embora eu realmente não conheça Paige tão bem, tudo é possível, suponho.

"Acredito que tenho uma imaginação hiperativa", diz Dante, corrigindo-me. "Nikki não reclama."

"Como estão as coisas entre você e Nikki?" Eu pergunto, desviando a conversa da minha falta de uma vida amorosa.

"Boa. Nunca estive melhor. O sexo, eu lhe digo, Moreno, é dinamite." Os olhos de Dante se iluminam e o sorriso se alarga em seu rosto.

Ele parece animado para falar sobre Nikki e sua vida sexual.

Eu quero me afogar atrás do bar.

Isso não quer dizer que não estou feliz por ele. estou em êxtase. Ele era um desgraçado miserável antes de conhecer Nikki. Perseguindo qualquer pedaço de bunda que ele pudesse pousar em sua cama.

Nikki transformou o homem mais mortal e astuto em pai.

E ele a transformou em sua esposa.

Uma pequena pontada de ciúme me atravessa.

Eu quero aquilo.

O mesmo nível de compromisso, afeto eterno e desejo. Há amor entre eles, mas é a paixão que é insuperável.

Eu tive isso com Serene? Eu estava loucamente apaixonado por ela, mas não éramos perfeitos.

"Você está calado. Muito calado", diz Dante.

"Talvez você esteja certo, e é hora de eu seguir em frente", eu digo.

Serene se foi há um ano. Cobrir de tristeza e pena não ajudou minha filha ou a mim.

Dante olha ao redor do bar. "Há algumas garotas no bar. Você quer que eu as apresente?"

"Elas mal parecem velhas o suficiente para beber." Não estou nem um pouco interessado em namorar uma garota recém-saída da faculdade. "Não é meu tipo," digo, enfatizando meu desinteresse.

"Eu sei. Seu tipo é Paige, mas ela é a babá de sua filha e uma ladra, pelo que você me disse."

Eu realmente gostaria de não ter contado a ele sobre o anel.

Não há ninguém no bar que se pareça remotamente com Paige. As meninas todas parecem jovens e estão cobertas de maquiagem. Juro que a bartender e o segurança precisam verificar melhor as identidades.

"Eu disse isso semanas atrás, e vou dizer de novo. Simplesmente foda a babá."

Eu tusso, limpando minha garganta. Às vezes Dante ainda me choca. Não é a primeira vez que ouço essa sugestão dele, mas não vou foder a babá, não importa o quanto eu queira dormir com ela.

"Alguma outra sugestão? O que Nikki sugeriria?

"Você espera que eu saiba o que minha esposa pensa?" Dante revira os olhos e ri. "Estamos apostando em quando você vai ficar com ela."

Eu deveria estar com raiva de Dante, mas não estou. É bastante divertido, considerando que todos vivemos sob o mesmo teto. "É por isso que você quer que eu transe com ela? Você apostou que isso vai acontecer em uma determinada data ou algo assim?"

"Apostei com Nikki já aconteceu, e é por isso que tem havido tanta tensão entre vocês dois. Eu não sabia que era uma tensão sexual não resolvida", diz Dante.

"Bem, eu odeio dizer isso a você, mas Nikki ganhou."

Dante dá de ombros fraco. Ele não parece se importar nem um pouco. Seu orgulho não está nem um pouco ferido.

"O que você apostou com ela?"

Eu ainda quero saber quais eram as apostas em seu joguinho?

"Uma massagem, que sempre leva ao sexo com minha gatinha", diz Dante. "Parece uma situação em que todos ganham."

Era mais informação que eu precisava. "Certo." Eu corro a mão pelo meu cabelo e olho para a porta. Mais algumas mulheres entram no bar e se juntam às garotas, pegando bebidas.

Parecem tão jovens quanto as outras. Elas estão todas usando saltos "foda-me" ou botas amarradas até os joelhos. Eu não deveria estar excitado agora.

Eu me odeio.

Não aguento mais. Estar aqui me faz querer ir para casa.

Preciso de tudo ao meu alcance para não mandar uma mensagem para ela, ligar para ela, exigir que ela obedeça a todas as instruções que eu lhe der como empregadora.

"Eu quero Paige." As palavras saem como um grunhido. Sou um leão à caça, e a única refeição que me satisfará é ela.

"Eu sei."

Ele não sabe.

Dante não tem ideia da atração, desejo e frustração reprimida que rasga meu interior.

Eu me levanto, pronto para ir e deixar dinheiro na mesa para uma gorjeta. Dante entende a dica e me acompanha até seu carro.

Não há como saber, sem dúvida, que ela me quer também. Suspeito que sim, que se sente atraída por mim da mesma forma que eu por ela, mas seu desejo de estar perto de mim pode ser estritamente por causa da minha filha.

Pelo que sei, esta noite, quando bati a porta na cara dela, ela queria falar sobre Nova.

Ela provavelmente não queria falar sobre sua atração por mim.

Bem, foda-se.

Ela vai falar.

Vou fazê-la me contar tudo.

Seus desejos. Suas fantasias. A última vez que ela se tocou. Quero saber tudo, e vou exigir que ela me conte cada detalhe sujo.

VINTE E CINCO
PAIGE

SOU ACORDADA no meio da noite pelo clique de uma fechadura na porta do quarto.

Sempre tive o sono leve, e estar aqui não é diferente. Principalmente porque estou sempre ouvindo Nova.

A porta principal do meu quarto se abre, então eu sei que não é Nova entrando sorrateiramente no meu quarto.

"Moreno?"

Estou cansada de sono, e meus olhos percebem seu contorno enquanto ele se aproxima da minha cama.

É ele, mas o que ele está fazendo entrando aqui no meio da noite?

"Você me deve a verdade", diz Moreno.

Não é isso que eu sempre fiz?

"Eu nunca mentiria para você." Bem, exceto sobre Vance, mas ele não sabe, ele não poderia saber.

"Isso é uma mentira", diz ele e ri sombriamente. Quanto mais ele se aproxima da minha cama, sinto cheiro de licor em seu hálito.

Sento-me, puxando os lençóis ao redor. Ele nunca me machucaria. Eu sei disso, mas também não estou exatamente confortável com essa posição. Eu me sinto vulnerável e meio nua enquanto ele ainda está totalmente vestido.

"Você está bêbado." Não pretende ser uma acusação, mas sai dessa maneira.

"É difícil não estar quando a babá rouba a aliança de casamento da minha falecida esposa e a usa."

A culpa toma conta de mim. Quero me desculpar, mas como posso fazer isso sem que ele saiba que foi Nova quem pegou o anel?

Ela passou por tanta coisa, e eu não quero tornar as coisas mais difíceis para ela.

"Você tem o anel de volta", eu digo com tanta convicção quanto posso reunir. "Por que você se incomoda que eu peguei emprestado?"

Ele ri sombriamente e se inclina mais perto, zombando de mim.

"Emprestado? Você estava usando! Você está tentando brincar de casinha? Finjir casar com o príncipe da máfia e viver feliz para sempre."

"Príncipe da máfia?" O que diabos ele está falando? Ele perdeu a cabeça?

Espera.

Isso significa que ele trabalha para a máfia?

Eu achava que Nikki era ex-máfia, mas que qualquer império que eles administrassem era legítimo e legal.

Merda.

Em que eu me envolvi?

"Dante é o Don. O que faz dele o rei e Nikki, a rainha. Eu sou o subchefe, então acho que isso me torna o príncipe." Sua testa franze quando ele fala como se percebesse que pode estar falando demais.

Eu me mexo no colchão, recuando para ficar longe dele.

Segurança é minha prioridade.

Estando nesta casa, não me sinto mais segura, principalmente com ele.

"Eu quero você, Paige." O calor de suas palavras ruge um inferno dentro de mim, mas não podemos. Antes, ele era apenas meu chefe, e isso era muito complicado.

Sabendo que ele também faz parte da máfia, devo sair enquanto ainda posso.

Enquanto eu ainda estou viva.

"Você não me quer", eu digo. Se a atenção dele estiver em mim, ele nunca me deixará ir e nunca serei livre.

Ele se aproxima, inclinando-se para mim, suas mãos em ambos os meus lados, prendendo-me contra o colchão.

Seu corpo está quente, e o calor irradia dele para mim. "Diga-me que você não me quer, que você nunca pensou em mim de uma forma sexual, e eu nunca vou mencionar isso novamente."

Deveria ser tão fácil mentir, dizer a ele que ele não significa nada mais para mim do que como chefe.

Mas as palavras não vêm.

Não com sua respiração pairando e seus lábios ao alcance.

Quero beijá-lo, saboreá-lo, tocá-lo, mas ele não está nem um pouco sóbrio, e não quero que ele se arrependa de nada entre nós.

"Você está bêbado", eu digo e gentilmente o empurro - minha mão firme em seu peito. "Vá dormir. Na sua cama." Espero que ele entenda a mensagem. Não é que eu esteja dizendo não porque não o quero. Eu só não quero que isso seja o que somos. Eu não sou uma garota que ele pode chamar quando está sozinho ou bêbado.

Ele resmunga e se afasta da minha cama.

Eu não posso dizer se é o olhar de rejeição cruzando suas feições ou outra coisa. Raiva? Ressentimento? Frustração?

Moreno é o homem mais difícil de ler. Ele não dá nenhuma dica. Ele seria ótimo em um jogo de pôquer.

Ele tropeça para fora do meu quarto sem dizer mais nada, fechando a porta com um baque cauteloso ao sair.

Não sei o que fazer com a situação. Será que ele vai se lembrar de ter vindo até mim no meio da noite?

VINTE E SEIS

MORENO

EU REALMENTE FODI TUDO.

Minha cabeça lateja de um jeito que nem consigo explicar. Sinto que fui atropelado por um ônibus, e alguém arrancou minha bunda do chão e me jogou no chão do meu quarto.

Droga.

Eu nem cheguei na cama. Mas de alguma forma, há um travesseiro no chão comigo.

Não é à toa que minha cabeça dói. Cada músculo dói dentro de mim enquanto me levanto e me estico. Meu estômago se revira. Eu deveria pegar água, bolachas e algumas aspirinas para evitar minha noite de bebedeira.

Eu nunca vou sair com Dante novamente.

Eu me tiro, tomo banho, e mesmo a água quente não ajuda a me relaxar nem um pouco.

Não ajuda o fato de eu ter ido ao quarto de Paige ontem à noite.

A menos que isso fosse um sonho?

Deve ter sido um sonho, porque ela não me disse que me odiava pelo jeito que eu a tratei.

Até a versão dos sonhos de Paige é legal. Merda.

O que eu fiz para merecer qualquer grama de bondade dela?

Eu me seco, me visto e saio para o corredor.

"Bom dia," Dante diz e me olha enquanto sai de seu quarto. Sua camisa branca está desabotoada e ele está ajeitando o colarinho. Ele não parece muito pronto para o dia, mas Nikki o expulsou do banheiro se eu tivesse que adivinhar.

Novamente.

Estou surpreso com as reformas na sala de jogos e a sala do pânico que ele não instalou um banheiro maior.

"Você parece um inferno." Dante me dá um sorriso malicioso. "A que horas você entrou no seu quarto ontem à noite?"

"O quê?" Eu esfrego a parte de trás do meu pescoço, eriçada por sua pergunta. "Depois do bar com você, a qualquer hora, chefe."

Dante se dirige para as escadas, e eu sigo atrás dele. Ele está abotoando sua camisa no caminho para baixo.

"Você e Paige tiveram uma conversa tarde da noite. Eu vi você entrar no quarto dela quando chegámos em casa. Andou a tropeçar bêbado e provavelmente acordou os vizinhos."

E ele não tentou me impedir?

"Obrigadinho por cuidar de mim", murmuro baixinho.

Passamos rapidamente pelo saguão, e ele me dá um tapa nas costas. "Sempre", diz Dante.

"Isso foi sarcasmo. Eu não deveria ter entrado bêbado no quarto dela." Ele tem alguma ideia da bagunça que eu fiz da situação? Tenho sorte se ela ainda quer trabalhar para mim como babá de Nova.

Vamos em direção da cozinha.

"Então sua conversa não foi boa, professando seus sentimentos por ela?" pergunta Dante. Ele entra na cozinha primeiro e me dá um olhar de desculpas.

Paige e Nova estão na mesa alta tomando café da manhã.

O sorriso de Paige desaparece instantaneamente ao me ver. Ela se mexe na cadeira para dar toda a atenção a Nova.

Merda.

Não era um sonho. "Bom dia", eu digo para Paige e Nova enquanto eu passo e faço uma linha de abelha para o bule de café.

Pego uma caneca e entrego uma para Dante enquanto ele serve duas xícaras de café, uma para cada um de nós.

"Você deveria tirar o dia de folga", diz Dante. Ele é um pouco mais alto do que eu gostaria, e tenho a leve suspeita de que é para que Paige o ouça.

Ou ainda estou de ressaca e tudo parece amplificado em intensidade.

Essa possibilidade é igualmente provável.

Pego duas aspirinas do armário e as engulo enquanto o café quente me força a estremecer de dor. Um sofrimento muito merecido.

Ele se vira, de costas para as meninas, enquanto ele olha para mim, mantendo sua voz muito mais baixa. "Leve as meninas para um piquenique. Tente fazer uma conexão com Paige."

"Parece que eu deveria participar de um daqueles programas de namoro na televisão. Ele tem uma conexão com Paige, ou ela vai partir seu coração?" eu zombo.

"Eu consigo ouvir você," Paige brinca.

Merda.

Minha voz sussurrante é muito alta.

Eu engulo meu orgulho e vou até a mesa com Paige e Nova. "Como soa um piquenique esta tarde com nós três?"

Minha pergunta é mais para Nova, esperando ver sua empolgação em passar o dia comigo. Não passei tanto tempo quanto deveria com minha filha.

Nova se parece tanto com Serene que é estranho.

Nova olha para Paige. Ela está seriamente pedindo permissão à babá?

O que diabos eu fiz, trazendo Paige para nossa casa?

Sem dúvida, ela é boa com Nova, mas a garotinha é minha filha, e a conexão delas - não posso deixar de sentir uma pontada de ciúmes do relacionamento que as duas compartilham.

Paige sorri calorosamente para Nova e esconde qualquer sinal de aborrecimento comigo. "Isso parece divertido. Não é?" ela diz, sua atenção na minha filha.

"Excelente." Eu tomo meu café e sigo para a entrada da cozinha.

"Talvez depois, possamos dar uma passada na loja de brinquedos", diz Paige.

"Loja de brinquedos?" Eu me viro para encará-la.

Esse tipo de sugestão deveria ter sido feito comigo em particular, não na frente de Nova. Se eu disser não, vou parecer o cara mau. Que jogo Paige está jogando?

"Sim, você conhece o lugar que tem bichos de pelúcia." Paige não está prestando atenção em mim. Seu foco está inteiramente em Nova, e eu vejo o porquê.

Minha pequena está praticamente pulando em seu assento. Como se ela quisesse falar, mas algo a estava segurando.

Sem brincadeiras.

Eu sou a razão pela qual ela foi silenciada.

Crianças e máfia não se misturam. não sei como Dante faz isso com Nikki e Luca. Eu invejo sua vida, o fato de que ele pode compartimentar seu trabalho e vida familiar tão facilmente.

Ele não teme nada.

O trabalho de um chefe da máfia.

Proteja sua família a todo o custo.

Não invejo o trabalho, o peso da responsabilidade que recai inteiramente sobre seus ombros. Serene morreu porque Vance queria igualar o placar.

Vance é o verme sugador de escória que vende mulheres e crianças, as trafica por cidades pequenas, lugares onde não há muitos policiais e visibilidade.

Ele dirige uma quadrilha de tráfico de seres humanos e, embora tenhamos prejudicado seriamente sua operação em Breckenridge, massacrando seus homens e a casa do Don, eles ainda estão por aí.

Durante anos, eles deixaram a cidade, provavelmente tentando manter um perfil discreto. Mas ver Vance no clube que Dante possui, sem dúvida, ele está de volta.

Vance não aparece sem um plano. Só não sei que plano é esse, e é por isso que não gosto da ideia de deixar Nova ir à loja de brinquedos.

É o tipo de lugar que chama muita atenção para a situação. Qualquer lugar público coloca Paige e Nova em risco.

Mantê-los trancados na cabine do complexo é o melhor. Está mantendo os dois seguros, mas sei que Paige não entende, muito menos vê dessa maneira. Ela acha que eu a estou punindo por não a deixar ir embora.

A ideia de Dante para um almoço de piquenique é perigosa se nos envolvermos fora de nossos terrenos. Planejei fazê-lo do lado de fora, com segurança dentro dos portões, onde os guardas podem garantir a segurança de Paige e Nova.

"O que você diz?" Paige pergunta novamente, um sorriso amigável no rosto. "Podemos fazer um piquenique no parque e visitar a loja de brinquedos do outro lado da rua. É bem perto daqui."

Tudo dentro de mim grita que isso é uma má ideia. Mas os olhos de Nova são brilhantes e alegres.

Faz muito tempo desde que eu vi um sorriso roçar suas feições. Eu não posso dizer não para Nova.

Podemos trazer guardas e seguranças extras para nos vigiar.

Tomo um longo gole do meu café. "Combinado."

VINTE E SETE

PAIGE

ACHEI que Moreno não concordaria em fazer um piquenique, muito menos levar Nova à loja de brinquedos depois.

Com Dante, seu chefe na sala, talvez ele não pudesse dizer não? Especialmente para a ideia do piquenique, que não era o plano de Moreno.

Não vou usar isso contra ele. Pelo menos ele concordou em passar a tarde fora da cabana e longe dos homens de terno.

A máfia.

Eu tremo, só de pensar na noite passada e em sua confissão.

Moreno é um príncipe da máfia.

Ele estava falando sério ou tão bêbado que até estava falando bobagens?

Qualquer um parecia completamente plausível e, embora eu queira respostas, também não farei esse tipo de pergunta na frente de Nova. Ela é jovem e impressionável, e não preciso fazê-la temer o pai.

Desde o momento em que a conheci, já parecia que era esse o caso. Mas ultimamente, ela está mais suave perto dele e vice-versa.

Pelo menos dos pequenos e curtos momentos íntimos que eu vi.

Moreno tem me evitado na semana passada. Até ontem à noite, quando ele entrou no meu quarto sem avisar e proclamou seus sentimentos por mim.

A tensão entre nós é inegável. Ele se lembra do que aconteceu na noite passada.

Eu não tinha certeza se ele iria lembrar.

Ele cede sobre a loja de brinquedos e o piquenique antes de desaparecer da cozinha. Nunca o vi correr tão rápido para fugir de mim.

Bem, ele não pode me evitar para sempre.

———

"Pensei que íamos fazer um piquenique, só nós três?" Eu enfatizo enquanto olho no espelho lateral.

Há um SUV preto nos seguindo com três guardas de terno.

Eles não parecem nem um pouco discretos. Se Moreno quer chamar a atenção para si mesmo, com certeza sabe como.

"Estamos só os três, mas preciso saber que estaremos seguros quando estivermos na cidade." Ele passa pelos portões principais que já estão abertos para nós sairmos.

Eu olho para ele. "Por que não estaríamos seguros?" Estou esperando que ele me diga o que faz da vida, que é um subchefe da máfia.

Mas o ar está espesso e me deparo com o silêncio.

"Só quero proteger minha família", diz Moreno.

Entendi. Eu entendo sua preocupação e medo. É relacionável, especialmente depois do clube e depois do incêndio. No entanto, o segundo foi inteiramente causado por acidente. Mas isso ainda não o tornava menos assustador.

"Porque você é a máfia", sussurro, certificando-me de que Moreno me ouve, mas com o rádio ligado, duvido que Nova possa ouvir uma palavra do banco de trás.

Ela está afivelada no assento do carro, alheia à conversa que está começando entre nós.

Eu olho para ela e ofereço um sorriso caloroso.

Nova olha pela janela, observando a paisagem.

Desatenta.

Boa.

"Onde você ouviu isso?" Moreno pergunta, seu tom afiado.

Ele não nega.

Sua mandíbula é firme e apertada. Ele segura o volante com força enquanto seguimos pela estrada de cascalho para a via principal.

"De você." Eu aperto meus lábios, considerando se devo lembrá-lo de suas palavras, príncipe da máfia.

Seus olhos vacilam. "Você está enganada."

Negação.

Ok, dois podem jogar nesse jogo. "Você está certo. Devo estar enganada." Eu me mexo no banco do passageiro e me viro ligeiramente para encará-lo.

Eu não o deixo escapar tão facilmente com suas mentiras.

"Assim como você não entrou no meu quarto ontem à noite e confessou seus sentimentos por mim. Que você me quer e é um príncipe da máfia.

Ele engole, e eu juro que há um fio de suor brilhando em sua testa.

"Está quente aqui?" Ele pega o termostato do veículo e aciona o ar.

Eu não estou errada.

Ele me lança um olhar enquanto liga o ar condicionado. "Nunca repita o que disse, a menos que queira se matar."

Eu empurro as aberturas para longe de mim. "Isso é uma ameaça?"

Moreno me machucaria?

Me mataria?

Estou perto dele há tempo suficiente para não o temer. Talvez eu deva. Eu não vi esse lado perverso dele, mas se ele é um príncipe da máfia, então ele deve ter sangue nas mãos.

"Estou tentando protegê-la", diz Moreno com um aviso. "Se você não tomar cuidado, vai acabar confiando nos homens errados, e eles vão te machucar. É por isso que tenho guardas nos acompanhando fora do terreno."

Moreno pigarreia e rapidamente muda de assunto. "Temos outra consulta com o terapeuta nesta sexta-feira."

Excelente.

"E você está esperando que eu o acompanhe novamente como sua esposa?" Eu esfrego a parte de trás do meu pescoço. Não estou nem um pouco bem em mentir sobre ser a mãe de Nova.

Como podemos ajudar Nova se estivermos mentindo para a terapeuta?

"Não vejo outra escolha", diz Moreno. "A menos que você queira que eu diga a ela que você está doente esta semana ou tem uma enxaqueca. Mas você vai ter que vir para a próxima consulta depois disso."

Uma risada escapa pelos meus lábios com o absurdo de sua sugestão. "Ou você pode tentar dizer a verdade a ela. Não é o seu forte, no entanto."

Ele se encolhe com a minha observação.

Parece que eu atingi um nervo.

Boa. Talvez ele considere levar meus comentários a sério. Eu não quero ver Nova amarrada quando ela poderia estar recebendo qualquer ajuda que ela precisa.

E fica claro para mim, depois de ouvi-la cantarolar uma música e a observação de Ariella de que Nova costumava falar, só posso supor que algo trágico aconteceu.

"Isto é por causa da mãe dela, não é?"

"O quê?" Moreno olha para mim enquanto paramos no parque.

"A razão pela qual ela não fala mais. Sua mãe morreu e ela sente falta dela."

Ele desliga o motor do carro. "Sim." Ele é um pouco rápido demais para responder. Moreno sai do carro e abre a porta traseira, desafivelando Nova enquanto a ajuda a sair da cadeirinha. Ele pega um cobertor e ela corre em direção ao trepa-trepa.

"Tome cuidado!" Moreno grita com Nova.

Ela acena para ele com desdém.

Eu tento não rir. O sorriso é impossível de tirar do meu rosto enquanto pego o almoço de piquenique no banco de trás e sigo Moreno para a grama sob uma árvore à sombra.

Estamos bem perto de Nova com uma boa visão dela jogando, e também temos três guardas se espalhando, certificando-se de que estamos seguros, junto com Nova.

Foi estranho ter Leone acompanhando Nova e eu ao parque quando conheci Ariella, mas isso parece ainda mais intrusivo.

Embora não tenhamos privacidade visualmente, nenhum dos guardas está pairando sobre nós. Podemos conversar entre nós sem que ninguém nos escute.

Moreno estende o cobertor enquanto desembrulho nosso almoço e me sento. Com Nova jogando e nos dando um pouco de tempo sozinhos, é agora ou nunca se vou questioná-lo sobre seus negócios com a máfia.

"Então, você é um príncipe da máfia."

Ele olha para mim, sem graça. "Você não vai deixar passar."

"Bem não. Sinceramente, acho que não consigo."

É uma grande bomba que ele deixou cair ontem à noite, junto com o desejo de mim. No entanto, não tenho certeza se era o álcool falando ou ele.

Ele ainda quer ficar comigo?

"Não vem com coroa", diz Moreno. Ele aponta para o topo de sua cabeça.

"Isso é uma piada?" Eu pergunto. Eu não estou rindo. Dou uma mordida em uma das sanduíches que trouxemos. Agora mesmo, eu faria qualquer coisa para cortar a tensão entre nós.

Eu sei que não sou só eu. Ele sente isso também, e reconhecer isso parece quase demais.

"A máfia tem uma má reputação. Não somos caras maus. Bem, a maioria de nós", diz Moreno.

Eu não acredito nele. Sinto que ele está tentando me convencer a confiar nele porque moro com ele, trabalho para ele e não há saída.

Não sei por que pergunto, mas as palavras saem mais rápido do que pretendo. "Então, você nunca matou ninguém?"

VINTE E OITO

MORENO

O QUE HÁ com Paige e suas vinte perguntas?

Eu preciso assumir o controle da conversa e orientá-la para longe do que aconteceu na noite passada. Não falar sobre isso é a melhor opção.

Eu nunca deveria ter entrado no quarto dela.

Confessando ser um príncipe da máfia. O que diabos eu estava pensando?

Oh, certo? Eu não estava pensando.

Eu estava bêbado e esperando que Paige admitisse que ela me queria tanto quanto eu a queria.

O que somos nós, crianças no ensino médio de novo?

Eu pego o que eu quero.

Mas não vou me forçar a ela.

"Bem, você já matou alguém?" Paige me pergunta novamente quando eu não respondi rápido o suficiente. "Ou o silêncio é sua admissão de culpa?" Ela inclina a cabeça ligeiramente.

Estendo a mão e coloco uma mecha de cabelo atrás da orelha dela, colocando-a para trás.

Uma parte de mim espera que ela se afaste ou recue.

Paige não o faz.

Em vez disso, ela se inclina e exala um suspiro suave. "Sinto muito pelo anel."

Eu retiro minha mão e a coloco de volta no meu colo. Se eu me concentrar em comer, pelo menos não direi nada de que me arrependa. Abro uma garrafa de água e a coloco contra meus lábios.

Talvez meu silêncio a encoraje a elaborar, falar, explicar por que diabos ela achou necessário bisbilhotar minhas gavetas e roubar o anel da minha falecida esposa.

Se eu não tomar cuidado, vou terminar a garrafa inteira de água antes de dar uma mordida na minha sanduíche.

"Eu gostaria de poder explicar tudo para você para que você perceba que eu não sou uma ladra. Estou apenas tentando fazer a coisa certa", diz ela.

Meus olhos se estreitam e se contorcem. Fecho a tampa da garrafa de água.

"Você vai dizer alguma coisa?" Pergunta Paige.

Pelo menos a conversa não é mais sobre eu ser um príncipe da máfia.

Concentro-me no meu almoço, dando uma mordida, sorrindo com os lábios fechados, e aponto para minha boca.

"Conveniente", ela murmura baixinho.

Abro a garrafa de água e tomo um gole enquanto ela come pequenos pedaços de sua sanduíche. Não é nada extravagante, mas eu também não estava planejando fazer um piquenique antes que a ideia fosse lançada em mim como um balão de água. Não havia como sair do caminho do respingo iminente.

"Eu não sei como você está tentando fazer a coisa certa, a menos que você soletre para mim", eu digo. Talvez se eu esclarecer que não tenho ideia de por que ela me roubaria, ela elaborará. "É por causa de Ariella?"

É uma facada no escuro.

Sua testa franze. "Porque você pensaria isso?" Paige toma um gole de água antes de fechar a garrafa de volta.

"Parece que ela pediria algo sobre mim", eu digo com um encolher de ombros.

Estou tentando imaginar uma desculpa razoável para o que ela fez, só que não consigo encontrar uma. Ninguém mais na casa de Ricci iria roubar de mim. Ninguém é estúpido o suficiente para me trair.

Exceto Nova.

Uau, foda-me.

"Não tem nada a ver com Ariella", diz Paige. Sua voz é suave e calma, e seu olhar está travado no meu.

Meu estômago dá cambalhotas. Não consigo dar outra mordida e coloco o restante da minha refeição não consumida de volta no saquinho de plástico.

"Você está cobrindo a Nova."

Eu sou um idiota por não ter visto antes.

Eu não queria ver.

O olhar de Paige cai em seu colo, e ela abre a tampa da água e a traz de volta aos lábios.

Silêncio.

"Por favor, me diga que você não está cobrindo minha filha." Honestamente, não sei o que é pior: Nova roubou o anel da mãe ou que Paige mentiu para proteger minha filha.

"Você queria alguém para culpar", diz Paige e olha para o trepa-trepa.

Nova está subindo a escada de corda, segurando-a ao chegar ao topo.

Minha garota parece não ter medo. Impossível, considerando tudo o que ela passou. É como se ela estivesse canalizando seu silêncio e mutismo em outra coisa.

Bravura?

Em questão de semanas, desde que conheci Paige, nem reconheço Nova.

Fisicamente, é claro, ela é a mesma garotinha que é minha filha. Mas ela está tentando coisas novas, saindo de sua concha, não mais se escondendo e me evitando.

Paige é boa para Nova.

"Me desculpe, eu duvidei de você e acusei você de me roubar." Um pedido de desculpas é o mínimo que devo a ela. Tenho sorte que ela ainda não desistiu.

Paige me oferece um sorriso caloroso. "Bem, eu estava usando o anel."

"Sim." Eu aceno lentamente. "E por que você estava usando?"

"Falei com Nova e pedi que ela me entregasse o anel. Uma vez que eu o tivesse em minha posse, eu não queria perdê-lo. Eu planejava devolvê-lo para você na manhã seguinte, quando o visse."

Sua história parece plausível. "Você não planejou que eu entrasse no seu quarto."

"Precisamente. Eu nunca quis te machucar, e sei que Nova já passou por tanta coisa. Eu não queria que sua raiva fosse dirigida a ela. Nós conversámos e ela não vai roubar nada de novo."

"Ela falou com você?"

"Bem não." Paige franze os lábios. "Falei com ela, mas ela entendeu que o que ela fez foi errado. Agora que respondi às suas perguntas, quero que responda às minhas. Há quanto tempo você é um príncipe da máfia?"

Eu balanço minha cabeça e balanço meu dedo para ela. "Não é assim que funciona."

Eu não estou respondendo as perguntas dela.

"Por que não?" Ela faz beicinho.

Não tenho certeza se ela está enfatizando seu descontentamento, ou vem naturalmente, mas é adorável.

Meu corpo reage, meu pau mexendo em minhas calças.

"Nova!" Aceno para minha filha e gesticulo para que ela venha se juntar a nós.

Paige torce o nariz como uma criança, e eu tento não rir. Nova está passando para Paige tanto quanto Paige está para Nova. É cativante, principalmente.

Nova voa pelo escorregador e cai, tropeçando nos pés. Ela espera por um segundo, percebendo que não está machucada, e então se levanta e termina sua corrida até nós.

"Venha almoçar", eu digo.

Paige me encara.

Ela provavelmente sabe o que estou fazendo, evitando a conversa que ela quer ter. Como eu disse a ela, não é assim que funciona. Não vou responder às perguntas dela sobre a máfia. Certamente não em público, e não enquanto ela pudesse estar usando um microfone escondido.

Confio em Paige, mas isso não significa que outra pessoa possa não ter chegado até ela antes de nos conhecermos.

É paranoico, com certeza, mas nem todos podem ser confiáveis, e ela foi trazida para a família e contratada como babá da minha filha. Ela não precisa saber nada sobre o negócio ou minha posição nele.

Nova se joga entre nós, e eu desembrulho uma sanduíche de manteiga de amendoim e geleia para ela de um saco plástico.

Ela se senta entrecruzada e silenciosamente mastiga seu almoço. Não que eu espere que ela fale. Já me acostumei com o silêncio dela. Isso não quer dizer que eu não quero que ela fale. Eu não sou um monstro. Mas se ela começar a falar sobre o que aconteceu, não sei como lidar com isso, o trauma, qualquer coisa que ela possa ter testemunhado.

"Isso é bom?" Sorrio fracamente para Nova.

Ela olha para cima com os olhos arregalados e dá outra mordida. Ela tem geleia de morango nos dedos e um pontinho na bochecha.

Felizmente, lembrei-me de um pacote extra de lenços umedecidos e muitos guardanapos para ajudar a limpá-la antes de sair.

Bang!

Bang!

Bang!

Nova explode em lágrimas e pula no colo de Paige.

Merda.

VINTE E NOVE
PAIGE

VÁRIOS FOGUETES SÃO DISPARADOS, e um dos guardas corre, arma apontada para um grupo de adolescentes atrás de uma árvore.

"Que diabos está fazendo?" Moreno salta para desescalar a situação antes que fique ainda mais fora de controle.

Bruno, o guarda, coloca a trava de volta e enfia a arma debaixo da jaqueta, escondida da vista.

Ele carrega isso em todos os lugares com ele? Talvez eu devesse ter esperado isso. Ele é um guarda, mas não deveria ainda reconhecer a diferença entre um fogo de artifício e um tiro?

Nova está enrolada em meus braços, soluçando.

Gentilmente, eu esfrego suas costas enquanto ela se agarra a mim com os dedos pegajosos de sua sanduíche de manteiga de amendoim e geleia. Parece que estou tão suja de geleia quanto Nova.

Moreno avisa o guarda antes de se aproximar de nós. Ele se agacha e ouço seus joelhos estalarem. "Ei, Nova." Sua voz é suave e calmante enquanto ele tenta chamar sua atenção.

Ela enterrou o rosto no meu pescoço e nem olhou para o pai.

"Talvez dê a ela alguns minutos," eu ofereço como uma sugestão. Ela está agitada e precisa de um pouco de tempo para se acalmar.

Ele está bufando baixinho e se levanta, espreitando em direção ao guarda que perdeu a calma.

Nova espia por um segundo para testemunhar a ira de seu pai, direcionada ao guarda.

"Ei. Você quer ir à loja de brinquedos?" Eu pergunto, esperando chamar sua atenção de volta para mim.

Ela emite um suspiro alto e olha para cima com os olhos arregalados. Nova dá um leve aceno de cabeça antes de me abraçar novamente, seus braços apertados em volta do meu peito.

———————

"Sinto muito por isso lá atrás", diz Moreno enquanto abre a porta de vidro. A campainha da porta toca.

Carrego Nova para dentro da loja, seus braços apertados em volta do meu pescoço.

"É seguro aqui", eu asseguro a ela. "Que tal eu colocar você no chão e deixar você andar por aí e escolher um brinquedo?"

Eu provavelmente deveria ter falado com Moreno sobre minha oferta para ela comprar um presente antes de entrar na loja, mas o que ele esperava? Você não pode trazer uma criança para uma loja de brinquedos e sair de mãos vazias.

Certamente não uma criança de quatro anos.

Além disso, depois do piquenique que acabámos de fazer, acho que ele não vai dizer não.

"Fique de olho nela", diz Moreno quando entro na pequena loja.

Eu não estava planejando abandonar Nova.

Ele se dirige para fora e, pelo que parece, está dando um inferno ao guarda que puxou sua arma.

Boa.

Nova desliza sua mão na minha, e eu a acompanho mais para dentro da loja para que ela não veja seu pai gritando com o guarda. Ela já passou por bastante hoje.

Um trauma de cada vez.

Ela puxa minha mão e me puxa para segui-la pelo corredor dos bichos de pelúcia.

Ela tem uma coleção inteira de brinquedos de pelúcia em casa. A criança poderia realmente administrar um zoológico, mas ela não tem problemas para encontrar um bebê gorila na prateleira. Ela aponta para ele, pois está fora de seu alcance, e eu rapidamente olho para a etiqueta de preço antes de entregá-lo a ela.

Mesmo que Moreno não concorde em pagar, compro o presente para Nova com minha bolsa. Eu tenho alguns dólares, e a garota é merecedora.

"Eu posso?" Nova pergunta, sua voz suave. Eu mal a ouço, mas o fato de ela estar me fazendo uma pergunta e falando faz meu coração bater no meu peito.

Eu não quero fazer um grande negócio com isso. A última coisa que quero é que ela se cale e fique em silêncio por causa da minha estupidez.

"Claro", eu digo, como se ela falando pela primeira vez desde que estamos juntas não fosse um evento de mudança de vida.

Para ela, talvez não seja. Se Ariella estava certa e Nova costumava falar, ela provavelmente está morrendo de vontade de descarregar o que está acontecendo, e eu estarei lá para ela a cada passo do caminho.

Ela aperta minha mão e aperta o bebê gorila em seu peito. A garota não está se separando dele, e o dono da loja é super doce e compreensivo, oferecendo para cortar as etiquetas com cuidado enquanto deixa Nova segurar o brinquedo em seus braços.

"Obrigado", eu digo.

"Qualquer coisa para o Sr. Ricci", diz a mulher.

"Você conhece Moreno?"

"Sim claro. Sua família passou por tanta coisa. É bom ver que ele está seguindo em frente. Vocês formam uma linda família."

Abro a boca para corrigi-la, mas penso melhor. "Obrigado", eu digo. Embora eu não queira começar nenhum boato, também não preciso explicar a esse estranho que sou a babá de Nova.

Nova opta por segurar seu novo amigo apertado em seus braços em vez de colocá-lo em uma bolsa.

Felizmente, Moreno terminou de gritar com o jovem guarda. A última coisa que quero é assustar Nova novamente. Ela finalmente está sorrindo, e o medo de antes parece ter sido esquecido.

Nova se agarra ao seu novo brinquedo enquanto saímos para o sol.

O cobertor e o piquenique já foram limpos, e Moreno está esperando sozinho do lado de fora.

Onde estão os guardas?

Olho ao redor brevemente, mas não vejo nenhum deles. Talvez ele tenha dito a eles para sair e voltar para a cabana?

Moreno se abaixa até o nível de Nova quando nos aproximamos. "Vejo que você fez um novo amigo." Ele oferece a ela um sorriso tranquilizador, mas ela não fala.

Eu quase sinto como se tivesse imaginado a voz dela, suas palavras suaves que saíram de seus lábios.

Mas eu sei que não foi um sonho.

Vou ter que contar a Moreno, mas não agora. Não na frente de Nova. Eu não quero deixá-la desconfortável ou fazê-la sentir ela não pode confiar em mim.

Estou traindo ela confiando em Moreno?

————

Estou exausta, e Nova mal consegue manter os olhos abertos enquanto leio para ela uma história de ninar. Seu gorila está debaixo do braço. Ao lado dela, estão seis outros amigos de pelúcia se juntando a ela na cama esta noite.

Toda noite, é um brinquedo novo e sua girafa favorita, que ainda está ao lado dela, enfiada debaixo das cobertas.

Seus olhos continuam se fechando, e assim que eu viro a página, ela acorda novamente.

A criança não quer dormir. Ela está lutando com cada grama de força dentro dela.

Seu pai ainda não veio para colocá-la na cama. Ele geralmente chega tarde, depois que ela dorme e ele termina de trabalhar.

Mas Dante deu-lhe o dia de folga.

Eu meio que espero que ele venha durante o ritual da hora de dormir e se junte a nós, mas ele ainda não veio.

O que o está ocupando?

Nova suspira suavemente e dá um tapinha no meu braço.

Olho do livro para a garotinha com o lábio inferior fazendo beicinho.

"Eu não quero dormir", sussurra Nova.

Mais uma vez, tento não esconder minha surpresa ou minha alegria exagerada por ela estar falando comigo. "O que há de errado?" Eu pergunto. Minha voz é suave e gentil, calma.

Eu fecho o livro, mas deixo minha mão para salvar a página se ela quiser que eu continue lendo. Embora eu pudesse jurar que ela teria adormecido antes de chegarmos ao final do livro.

"Sonhos ruins", sussurra Nova.

"Você tem muitos pesadelos?" Eu pergunto. Nem uma vez ela entrou sorrateiramente no meu quarto durante a noite. Eu assumi que ela estava dormindo profundamente e bem.

Talvez ela simplesmente não se sentisse segura e confortável.

Nova dá de ombros, evitando uma resposta.

"Eu tenho uma ideia", eu digo e me levanto.

Ela se senta, uma carranca no rosto. Nova parece aterrorizada por eu deixá-la depois que ela acabou de confessar algo tão profundo e íntimo.

Corro para o meu quarto e vou rápido para o banheiro. Procuro debaixo da pia um spray que peguei. Tem cheiro de frutas cítricas e sálvia.

Estou de volta ao lado de sua cama em um minuto, e abro a janela alguns centímetros.

Eu borrifo em torno da moldura da janela aberta. O cheiro não é muito forte e é bastante agradável.

Ela respira fundo, sentindo o cheiro.

"Você acredita em mágica?" Eu pergunto.

Se ela não acredita, ela acreditará esta noite.

"Magia?" Os olhos de Nova se arregalam e seu rosto se ilumina enquanto ela aperta seu gorila.

"Sim", eu sussurro, mantendo minha voz baixa. Alguém deve notar nós duas conversando, especialmente se um dos guardas estiver do lado de fora do quarto.

Eu borrifo mais algumas vezes ao redor do quarto, perto de sua cama.

"Sonhos ruins vão embora", eu digo. "Só queremos bons sonhos e pensamentos felizes nesta casa. Qualquer coisa ruim ou sombria vá embora agora."

Nova franze o rosto e sorri. Ela aponta para a janela. "Vá embora, sonhos ruins!" ela diz com um grito.

Sorrio e borrifo mais algumas vezes perto do banheiro e depois na porta principal do quarto.

A jovem se acomoda debaixo das cobertas, e eu fecho a janela assim que nós duas estamos seguras de que os pesadelos deixaram o quarto.

"Boa noite." Eu coloco Nova na cama e dou um beijo suave em sua bochecha. "Bons sonhos, e se você precisar de alguma coisa, estou ao lado. Você pode vir me encontrar. OK?"

"OK." Nova rola de bruços para ficar confortável.

Fecho a porta do quarto entre nós, em silêncio para não a perturbar, embora ela ainda não tenha adormecido.

"Ei", a voz de Moreno me assusta.

"Há quanto tempo você está aqui?" Eu pergunto, o spray na minha mão.

"Isso realmente afasta sonhos ruins?"

Ele ouviu isso? Então ele ouviu Nova falar.

Por que ele ainda não disse nada sobre isso?

Talvez ele não tenha ouvido Nova. Ela é de fala mansa e baixa. É possível que ele só tenha me ouvido através da porta.

"Bem, mal não faz", eu digo. "Você quer colocá-la na cama? Ela apenas agora fechou os olhos."

Moreno dá um leve aceno de cabeça e passa por mim, seu toque aquecendo algo dentro de mim, atiçando um fogo dentro de mim.

Por que ele me faz sentir assim?

Que conflito.

Desejá-lo é um desastre esperando para acontecer. Eu deveria deixá-lo ir. Ser apenas uma babá para sua filhinha. Seria mais seguro, menos perigoso.

Ele silenciosamente abre a porta adjacente e se esgueira para dar um beijo de boa noite em Nova.

Tento não escutar o momento especial deles juntos, mas acho difícil desviar o olhar da porta aberta e de Moreno colocando a filha na cama.

Ele se aqueceu tanto com Nova desde o primeiro dia em que o conheci. Não tenho certeza do que mudou. Será que ele percebeu o que está perdendo? Talvez sua esposa sempre tenha sido calorosa e compassiva com Nova.

Moreno a aconchega e sai do quarto, fechando silenciosamente a porta enquanto se convida mais uma vez para o meu espaço pessoal.

Pela primeira vez, não me importo. Mas meu estômago está vibrando de nervosismo.

Como posso dizer a ele que Nova falou comigo hoje?

Ele vai ficar com raiva por ter sido eu em vez dele?

TRINTA

MORENO

HÁ uma batida firme na porta do escritório. "Senhor, você precisa vir aqui imediatamente", interrompe Rhys.

Dante e eu olhamos para Rhys e trocamos um olhar preocupado.

Vance finalmente veio para retribuição?

Ele assassinou minha esposa, Serene, e nossa babá anterior, Laura. A vingança deveria ser minha, mas ele não vai parar até destruir nossa família e queimar nossa casa.

Dante se levanta.

"Preciso de Moreno", diz Rhys.

"O que está acontecendo?" A preocupação passa por mim como um relâmpago. Eu estou com pressa, quase derrubando a cadeira.

"Eu estava montando guarda do lado de fora do quarto de Nova e juro que ouvi ela e a babá conversando."

Eu pressiono meus lábios e saio do escritório de Dante.

Acabo com o trabalho. Ele me deu o dia de folga, e nós dois estávamos jogando, mas isso pode esperar.

Se Nova está finalmente se abrindo e voltando ao seu antigo eu, quero ver por mim mesmo.

Estou subindo as escadas correndo e ouço a voz de Dante atrás de mim.

"Ande com cuidado, Moreno."

Eu nem percebi que ele estava me seguindo até que ele falou. Olho por cima do ombro para ele enquanto corro pelo corredor. "O que você está sugerindo?"

"Apenas espere lá fora", diz ele e levanta a mão. "Se você atacar lá, você pode desmoronar tudo de bom que está acontecendo agora."

Ele tem razão.

Eu sei que Dante quer o melhor para Nova, mas eu sou o pai dela.

Ela deveria estar falando comigo!

Meu coração dói só de pensar que ela confia na babá mais do que em sua carne e sangue. O que eu fiz?

Eu corro a mão pelo meu cabelo e gemo. Estou tentando não pisar ou abrir a porta enquanto me aproximo do quarto de Nova.

Sons abafados estão vindo de dentro da sala. É difícil entender o que está sendo dito, mas há uma conversa acontecendo, e não é apenas Paige lendo uma história de ninar para Nova.

Eu ouvi algumas de suas histórias do lado de fora da porta e, embora ela possa tentar fazer vozes diferentes para os personagens, nenhuma soa como Nova.

Opto por entrar no quarto de Paige. Se ela está falando com Nova, então posso ouvir o que está sendo dito.

Estou escutando?

Sim, mas vale a pena correr o risco de ser pego.

Paige terá que superar isso.

Fecho a porta, não deixando Dante ter mais nenhum envolvimento. Sua opinião, ele pode guardar para si mesmo.

Eu quero irromper pela porta ao lado. Meu coração martela no meu peito com o doce grito de Nova.

O ar é sugado dos meus pulmões.

Meus pés estão congelados no lugar.

Não consigo me mexer.

Não consigo respirar.

Um momento depois, e Paige entra no quarto. Ela parece levemente surpresa ao me ver.

Há tanta coisa que eu quero dizer, mas ainda não. Eu preciso ver Nova, colocá-la na cama e espero que, em um estado de sono intermediário, ela retorne as palavras que eu digo.

Passo por Paige e entro no quarto de Nova. Eu arrumo suas cobertas, embora já estejam arrumadas, e dou um beijo em sua testa. "Boa noite, Nova. Eu amo você."

Sem um som, eu me afasto da cama e com passos suaves recuo para o quarto de Paige.

Eu poderia sair pela porta do quarto, mas não quero fazer isso, ainda não.

Paige e eu temos muito o que discutir. Fecho a porta atrás de mim enquanto me junto a ela em seu quarto.

Normalmente, ela está de pijama debaixo das cobertas, lendo um livro.

Esta noite, eu a surpreendi.

Pelo menos eu espero que eu tenha e ela esteja feliz em me ver.

"Você quer sentar?" ela pergunta e gesticula para sua cama.

"Há quanto tempo Nova está falando com você?" Não pretendo que saia como uma acusação, mas dizer que não estou com ciúmes é mentira.

Ela exala um suspiro pesado e se joga na beirada do colchão.

Há muita energia pulsando pelo meu corpo. Eu sou incapaz de ficar parado, então eu me coloco acima dela. Leva tudo em mim para não andar pelo comprimento de seu quarto.

Eu preciso ficar calmo e quieto.

Nova está dormindo bem ao lado, e as paredes são finas o suficiente para que eu pudesse acordá-la. Essa é a última coisa que eu quero que aconteça.

Paige brinca com as mãos no colo. "Só hoje. Ela perguntou se poderia ter o bicho de pelúcia na loja de brinquedos."

"Obrigado por comprar isso para ela. Deixe-me saber quanto custa, e eu reembolsarei você." Nem ocorreu que eu deixei para a babá pagar pelo brinquedo da minha filha. Eu não deveria ter feito isso. Foi irresponsável.

"Não é grande coisa." Ela acena com a mão com desdém no ar.

"Nova falando de novo é uma grande coisa."

"De novo?" Paige inclina a cabeça, olhando para mim com os olhos arregalados. "Ah, eu concordo. Nova falando é uma grande coisa. O que é isso de novo?"

Porra.

Apanhado em uma mentira.

Não que eu devesse ter mentido para Paige, mas não esperava que Nova se abrisse novamente. Depois de um ano de mutismo, pensei que era isso, e ela ia ficar em silêncio.

O que eu sabia sobre crianças? Serene sempre foi uma mãe amorosa e cuidadosa. Ela queria filhos. Eu não sabia como diabos trocar uma fralda, muito menos lidar com uma criança de quatro anos que se recusava a falar.

Honestamente, eu pensei que ela iria voltar a falar depois de uma semana. Que tinha sido porque sua mãe morreu. Ai como eu estava errado.

"Depois que Serene – sua mãe – morreu, ela se recusou a falar."

"E você não pensou em levá-la a uma terapia depois da morte de sua mãe?" Pergunta Paige.

Minha boca está seca. Esfrego minhas mãos, lutando interiormente com meus demônios. "Não foi tão simples. Nenhum de nós queria falar sobre isso."

"Você não queria falar sobre isso. Aquela garota precisava do pai dela", diz Paige.

Dou-lhe crédito por me enfrentar e dizer o que ninguém mais teve coragem de fazer um ano atrás, na minha cara.

"Ela ainda precisa de seu pai", eu digo. "E eu estou aqui."

Paige cruza os braços sobre o peito e emite um suspiro pesado. Seus lábios estão pressionados juntos.

Ela não acredita em mim?

"Estou tentando. Ter minha esposa assassinada e a babá massacrada, possivelmente na frente de Nova, não está exatamente no manual de 'como ser pai'," eu zombo.

Ela fica. Sua testa está franzida. Paige se aproxima, ficando cara a cara comigo. "Você esqueceu de mencionar que sua babá anterior foi assassinada."

Eu tremo.

Merda.

Lá vou eu, escorregando de novo.

"Não era um ponto de venda atrativo para o trabalho", eu digo.

Paige deve perceber que eu não poderia colocar isso na lista de empregos ou falar sobre isso. Eu não pretendia que ela descobrisse que seu empregador era a máfia. Essa não era uma conversa para se ter durante uma entrevista de emprego.

"Eu entendo isso, mas você tem o dever de ser honesto comigo." Ela não recua.

Eu balanço minha cabeça e dou um passo hesitante para trás. Eu preciso dar a volta por cima e ganhar o controle novamente. Eu não gosto que ela tenha minhas rodas girando e meu coração acelerado.

"Não."

"Não?" ela pergunta. "Você não vai ser honesto comigo? Então, eu desisto!"

Sua ousadia me surpreendeu por um breve segundo.

"Você não pode desistir. Você assinou um contrato, Paige, e caso tenha esquecido, você não pode ser liberada de seu contrato sem que haja um acordo, minha decisão ou até que um substituto seja contratado."

"Tudo bem, então contrate um substituto!" Ela joga os braços para o ar, exasperada.

Isso não vai acontecer.

Não quero mais ninguém com minha filha.

"Não. Nova está finalmente se abrindo, falando, e você quer abandoná-la? Eu viro a mesa em Paige.

Seus ombros caem. Derrotada. "Isso não é justo."

"Não, não é justo com Nova. Ela adora você. Atrevo-me a dizer que a garota te ama."

Paige lambe os lábios e dá um passo para longe de mim. "Eu não vou trabalhar para um mentiroso", diz Paige.

"Só escondi coisas de você para protegê-la." Isso é tudo que eu sempre quis, o bem-estar dela.

Bem, dela e da Nova.

"Você não pode desistir, Paige. Não aceito sua demissão."

Ela exala um suspiro pesado e volta para o colchão, caindo na cama. "Tudo bem, mas eu quero este fim de semana de folga, e quero ter permissão para deixar a cabana e as instalações. Sem guardas."

Ela não é uma prisioneira, mas deixá-la sair sozinha a coloca em risco.

"Eu não posso fazer isso."

TRINTA E UM

PAIGE

"VOCÊ NÃO PODE ME DEIXAR SAIR?" eu zombo. "Ou não quer? Como não estou sendo mantida em cativeiro se não posso sair?"

"Você não ouviu o que eu disse que aconteceu com a última babá? Ela foi assassinada." Moreno se aproxima. "Meu trabalho é proteger você. Seu trabalho é cuidar da minha filha. Deixe-me fazer o meu trabalho e não vou interferir no seu."

Eu ri baixinho.

"A sério?"

Eu não acredito nele.

A coragem dele para não me deixar sair do local!

"Você não pode me manter aqui, Moreno."

"Estou tentando proteger você. Lembra do Vance, no clube? O fato de você trabalhar para mim, a família Ricci, faz de você um alvo."

Eu aperto meus lábios juntos. "E se eu estiver disposta a correr o risco?" Vance não me machucaria. Se ele quisesse me matar, ele teria feito isso quando entrei em sua agência e solicitei uma inscrição para me tornar uma babá.

Certo?

Exceto que eu não significava nada para a família Ricci antes de me tornar sua babá. É por isso que eu sou um alvo agora?

Moreno deve estar exagerando. Não que eu o culpe porque não o culpo. Ele passou por muita coisa, com sua esposa morta e a babá anterior sendo assassinada.

Sua língua percorre o lado de sua boca por um segundo enquanto ele está pensando na minha proposta.

Ele vai me deixar sair?

"Não."

"Vá lá." Estou tentando não reclamar, mas ele é irritante. "Você não pode me manter refém."

"Você não é refém. Você é uma funcionária da família Ricci. Pelo que vejo, você tem um teto sobre sua cabeça, uma cama quentinha, a casa inteira como seu castelo e ótima companhia." Ele sorri para mim, e tudo que eu quero fazer é tirar esse sorriso do rosto dele.

"Está bem."

Se ele não me deixar sair, então eu vou fugir.

Ou convencer um dos guardas de que Moreno está me deixando sair.

Ele ergue uma sobrancelha para mim. "Boa. Estou feliz que esteja resolvido." Ele parece levemente surpreso que eu ceda a ele.

"Você pode ter o fim de semana de folga, mas não vai sair da cabana a menos que eu vá com você ou um dos guardas te acompanhe."

Não há chance de ele estar a bordo comigo saindo com Ariella. É melhor se eu manter o arranjo para mim.

"Está bem."

———

Eu mando uma mensagem para Ariella e faço planos para o almoço apenas para nós duas em um pequeno café na cidade. Ela me dá o endereço.

Olhando para o meu relógio, se eu sair agora, posso chegar alguns minutos mais cedo.

Não há tráfego para se preocupar, apenas interferência dos guardas.

Nova está tendo um dia com Moreno. Ele levou pelo menos um guarda com ele, possivelmente dois.

Eu vou para a porta da frente, chaves na mão, minha bolsa pendurada no meu ombro.

Rhys me vê quando agarro a maçaneta da porta da frente. "Onde você está indo?" ele pergunta.

Há uma carranca gravada em seu rosto. Ele parece inseguro quanto ao protocolo, que eu uso a meu favor.

"Moreno queria que eu corresse até a loja para comprar novos suprimentos para Nova. Tintas a dedo, uma tela, você sabe, as coisas de arte usuais que as crianças adoram."

Eu giro a maçaneta e abro a porta. "Voltarei depois do almoço."

"Alguém deveria acompanhá-la?" Rhys pergunta. "Don Ricci sempre insiste que um guarda acompanhe sua esposa fora do local."

Eu sorrio tranquilizador. "Você não precisa se preocupar. Eu não sou Nikki, a esposa do don. Eu sou apenas a babá." Com tanta convicção, eu tento deixá-lo saber que ele não precisa tomar conta de mim.

Ainda há conflito gravado em seu rosto. "OK." Ele responde um pouco rápido demais. Ele parece ainda estar refletindo sobre isso em sua cabeça, com a testa franzida. "Talvez eu devesse ligar—"

Eu saio pela porta e a fecho antes que ele possa terminar sua frase.

Se ele ligar para Moreno, não quero estar por perto. Vou lidar com sua ira mais tarde, quando ele vir que estou bem, e ele estava exagerando.

Correndo para o meu carro, destranco a porta do lado do motorista e entro, ligando o motor. Coloco o carro em marcha e saio, descendo o caminho principal para o portão de guarda.

O guarda abre o portão e me dá um aceno de cabeça sem pensar duas vezes.

Essa foi fácil!

Eu rio baixinho, acelero e me afasto da cabine.

Olho pelo retrovisor, esperando que alguém venha atrás de mim, diga que não posso sair sem um guarda ou a aprovação de Moreno.

Poeira e sujeira chutam atrás de mim.

Ninguém parece estar seguindo.

———

Entro no estacionamento, depois entro no café e vejo Ariella em uma mesa. O marido dela está com os filhos hoje, o que é um bom descanso para nós duas.

"Estou feliz que você conseguiu aparecer", diz Ariella com um sorriso caloroso. Ela se levanta e me dá um grande abraço. "Achei que você mandaria uma mensagem para cancelar comigo."

Não tenho certeza se quero dizer a ela que estava preocupada que isso pudesse acontecer também. "Bem, eu consegui", eu digo com uma risada.

Eu entro na cabine, sentando em frente a ela.

"Como está o "você sabe quem"?" ela diz e sorri.

Pelo menos ela sabe ser um pouco discreta e não anunciar o nome da família sob a qual trabalho.

"Ele dá muito trabalho." Eu ri. "Mais do que a criança."

Ariella ri. "Bem, sempre que você precisar de uma pausa, você está convidada a ficar em nossa casa. Temos um quarto de hóspedes que você pode ocupar."

"Obrigada."

A garçonete se aproxima da nossa mesa, traz os cardápios e fala sobre as especialidades. Depois de deixá-la saber que preciso de alguns minutos para decidir, ela corre para ajudar outro casal em uma mesa.

"Como vai Nova?" Ariella pergunta, mantendo a voz baixa.

Eu aprecio sua discrição.

"Ela voltou a falar. Só na semana passada."

Os olhos de Ariella estão arregalados, e ela está olhando para mim com aparente descrença. "Uau. Isso é ótimo. Ela é tão querida. Aposto que o pai dela também está feliz."

Eu pressiono meus lábios por um breve momento, e Ariella parece pegar meu silêncio como preocupação.

"Ah não. Ele não sabe que ela está falando? Ou ele está preocupado com o que ela vai dizer?"

Eu balanço minha cabeça. "Não, ele está em êxtase, mas ela ainda não falou com ele. A maioria de nossas conversas são apenas entre nós duas ou ela e um de seus bichos de pelúcia."

"Aquela garota ama sua girafa", diz Ariella. "Lembro que ela costumava levar isso para o parquinho. Isso irritaria Serene e Laura. Elas sempre se preocupavam que ela o deixasse para trás."

"Laura?"

"Sua última babá."

Moreno não deu informações sobre a morte de sua esposa ou o assassinato da babá. Tentei dar-lhe tempo, mas quero mais detalhes. Uma parte de mim precisa saber o que eu poderia estar enfrentando.

"Você era amiga de Serene e Laura?" Eu pergunto.

A garçonete decide que agora é um excelente momento para reaparecer, e eu examino o menu para encontrar algo adequado. Eu peço uma salada de abacate e um copo de água antes de entregar meu cardápio de volta para a garçonete.

"Serene e eu nunca conversámos de verdade. Laura e eu conversávamos quando as crianças brincavam no parque. Laura era uma menina doce, jovem e parecia muito com Nikki, agora que penso nisso. O mesmo cabelo e corpo. Ela poderia facilmente passar por Nikki vista de trás."

"Você acha que é por isso que ela foi..." Eu tento manter minha voz um pouco acima de um sussurro. Não termino com a palavra que quero: assassinada.

Estou preocupada que alguém possa ouvir.

Ela se inclina para frente e coloca as mãos na mesa. "Eu acho. Ele te contou sobre aquela noite?"

A garçonete traz dois copos de água para a mesa, junto com talheres. Nós duas sorrimos educadamente, certificando-nos de não discutir Moreno, Serene ou Nova na frente dela. Ela provavelmente não diria nada, mas você não pode ter muita certeza.

No momento em que ela se afasta, eu expiro. "Não, ele não disse nada sobre aquela noite." Também não perguntei exatamente a ele sobre o assassinato. Embora eu soubesse que sua esposa havia morrido, só recentemente fiquei sabendo que uma babá anterior havia sido assassinada.

Meu estômago está em nós só de pensar no que poderia ter acontecido.

Talvez eu devesse ter seguido o conselho de Moreno e trazido um dos guardas para o café. Ele não precisava se sentar connosco. Ele poderia ter pegado sua própria mesa, almoçado e apenas ficar de olho em qualquer pessoa suspeita.

Eu estou ficando paranoica.

Olhando ao redor do café, não parece haver ninguém interessado em nós duas ou em nossa conversa.

Ariella puxa o lábio inferior entre os dentes. "Você provavelmente deveria perguntar a ele. Quer dizer, eu ouvi coisas de Jaxson e os caras da Eagle Tactical."

"Jaxson?" Repito o nome na minha língua. Eu fui para a escola com um garoto com esse nome, e eu não teria pensado duas vezes sobre isso, exceto que eu encontrei um cavalheiro com o mesmo nome.

Tinha que ser ele. "Espera. Você é casada com Jaxson Monroe?"

"Sim, porquê?" Ariella pergunta com um sorriso nervoso.

"Alto, musculoso, tem muitas tatuagens?" Não consigo imaginar que existam dois Jaxson Monroes em Breckenridge. Inferno, provavelmente não há nem dois

Jaxsons em toda a cidade. Certamente não havia quando eu era criança.

Ela ri baixinho.

A garçonete traz nossas refeições para a mesa, e a conversa silencia mais uma vez até ficarmos sozinhas.

Ariella se inclina para frente. "Você conhece meu marido. Como? Por favor, me diga que ele não está trabalhando com Dante." A cor escorre direto de seu rosto.

"Puxa, não!" Eu gesticulo descontroladamente com as mãos antes de pegar meu garfo. "Não foi isso que eu quis dizer. Eu cresci em Breckenridge. No meu primeiro dia de volta à cidade, encontrei Jaxson em um café. Ele me reconheceu."

Ariella exala um suspiro suave e seus ombros caem, parecendo um pouco mais relaxados. "Oh, isso é legal." Ela toma um gole de água enquanto a cor volta ainda mais para suas bochechas.

"Eu me senti mal", eu explico ainda. "Eu não o reconheci. Certamente não com as tatuagens."

"E aposto que ele também não tinha um pacote de abdominais no ensino médio", diz Ariella com um sorriso.

Eu balanço minha cabeça. "Definitivamente não." Eu não me sentia atraída pela maioria dos caras na escola. Eu estava perseguindo universitários fora da cidade. Grande erro. Eles eram todos destruidores de corações.

"Você deveria vir para o jantar."

Eu olho para o meu relógio enquanto termino as últimas mordidas na salada. "Agradeço a oferta, mas não posso. Eu costumo assistir a pequena o tempo todo. Tenho sorte de ter hoje e amanhã de folga."

"Traga ela com você. Talvez deixe o pai dela em casa" diz Ariella e torce o nariz.

Tento não me ofender com a sugestão dela. Não é como se ela soubesse que algo está acontecendo entre Moreno e eu. Inferno, nem eu sei o que está acontecendo entre nós.

É complicado.

Duas palavras que são como a mais pesada das nuvens de chuva prontas para cair sobre nós. "Sabe, ele não é tão ruim assim," digo, me pegando defendendo Moreno.

Eu não deveria defendê-lo.

Ele nem me deixou sair sozinha.

Alcançando meu copo d'água, engulo os últimos restos. Só de pensar nele, minha boca está seca, minha garganta seca.

"Ele é seu chefe", Ariella me lembra com nem um pouquinho de sutileza.

Porcaria.

Moreno nem está na sala connosco e ela está me lembrando que sou sua funcionária. Deve ser inconfundível, meus sentimentos por ele.

Bem, eu não sou a única com sentimentos. Ele confessou os seus para mim também.

"Meu chefe mal-humorado", reitero.

Ariella sorri e termina o almoço. "Certo. Mal-humorado." Ela não parece convencida.

"O que foi?" Eu pergunto.

Ela não pode negar que um homem que trabalha para a máfia não é mal-humorado. Vai com o trabalho. É praticamente uma exigência.

"Esse não é o adjetivo que eu pensei que você teria usado." O sorriso em seu rosto me faz sentir vários graus mais quente. "Você está corando!"

Pego meu copo de água, mas está vazio. "Ele é um homem atraente." Não há nada de errado em admitir que ele é bonito.

Seus olhos fundos e mandíbula afiada, seu cabelo grosso em que eu quero passar meus dedos.

Ariella estala os dedos na minha frente. "Onde você foi?"

Ah não.

A sonhar acordada com Moreno.

Isso deve ser ruim.

Felizmente, a garçonete vem nos verificar e enche nossos copos de água enquanto traz a conta para a mesa. Ela é uma distração acolhedora para mudar o clima.

Pego o cheque, com a intenção de pagar por nós duas.

"O que você está fazendo?" Ariella estende a mão. "Pelo menos deixe-me pagar minha parte."

"Você pode receber a conta na próxima vez que sairmos." Espero que haja uma próxima vez e Moreno não tenha um ataque quando descobrir que eu escapuli.

Eu não deveria me preocupar com o que Moreno pensa. Ele não é meu pai. Eu sou uma adulta. Mas ainda não consigo parar a suspeita incômoda de que ele possa estar certo de voltar à minha cabeça.

Ariella fecha a bolsa. "Está bem. Mas você vem jantar na minha casa."

"Com Moreno?"

Seus olhos se arregalam. "Não abuse."

A garçonete volta para pegar meu cartão de crédito, e o sorriso desaparece do meu rosto quando olho para trás dela e vejo um rosto muito familiar entrando no café.

TRINTA E DOIS

MORENO

"VOCÊ SE DIVERTIU NO MUSEU INFANTIL?" pergunto a Nova.

Não estou esperando muita resposta, mas sei que ela falou com Paige, então pelo menos tento conversar com ela.

Não correu tão bem quanto eu gostaria. Mas gostei de passar a manhã com minha filha.

Nova dá um breve aceno de cabeça e um leve encolher de ombros em resposta.

"O que há de errado?" Eu pergunto, parando nosso passeio pela Maple Street.

Ela aperta os lábios, mas não fala. Talvez seja o fato de Sawyer estar connosco, a poucos metros de distância, montando guarda. Fiz questão de não trazer Bruno, que a havia assustado com o incidente da arma. Ele ainda está sob nosso emprego, mas não vai chegar perto da minha filha novamente.

Eu expiro um suspiro pesado. Sabendo que Nova costumava ser uma tagarela, risonha e cheia de vida, é difícil.

Eu sou responsável por seu silêncio.

Meu coração dói e meu estômago aperta, lembrando o motivo de seu mutismo.

Nova provavelmente testemunhou a morte de Laura. Ela estava com a babá naquela manhã quando Vance e sua equipe arrombaram o portão, assassinaram quatro dos meus homens e invadiram a entrada.

Nova estava brincando no quintal.

Nós a encontramos escondida atrás dos arbustos depois que o massacre acabou.

Desde aquele dia, dobramos o número de guardas no local o tempo todo e instalamos uma sala do pânico. É o suficiente?

Deve ser. Eu não vou perder minha filha.

Meu telefone vibra no meu bolso, e eu pego o aparelho e atendo a chamada.

"Moreno," atendo meu telefone.

Com base no identificador de chamadas, é Rhys, o que é incomum. Dante geralmente liga para um dos capos ou para mim. Rhys é um soldado.

Não é que ele não possa entrar em contato comigo. Só não é protocolo.

Já, meu estômago está em nós quando atendo o telefone.

"Chefe, é Rhys", diz ele. "Paige deixou o complexo. Ela disse que você deu permissão para ela sair sozinha e não precisou de uma escolta esta tarde. Sua voz é trêmula, rouca e cheia de incerteza.

Eu belisco a ponte do meu nariz.

Por que ela não podia me ouvir?

"Eu não tinha certeza se deveria ligar para você. Peço desculpas se estou incomodando, senhor. Eu só queria que você soubesse no caso de ela não ter permissão para sair sozinha. Suas ordens geralmente são que um guarda escolte sua filha se ela estiver fora, mas já que Paige está sozinha..."

Eu expiro um suspiro pesado. "Ela levou o carro?"

Nova está pulando, seu vestido floral flutuando ao vento atrás dela.

"Sim senhor."

Outro suspiro. Eu só tinha um pedido, que ela fosse escoltada em qualquer lugar que ela fosse.

Paige nunca ouve.

Nova está ficando muito à minha frente, mas Sawyer está connosco e acompanha Nova para garantir que ela não atravesse a rua sozinha ou fuja.

"Obrigado por me avisar", eu digo antes de encerrar a ligação.

Abro o aplicativo de rastreamento no meu telefone para determinar a localização mais recente de Paige. Acontece que ela não está longe daqui.

"Que tal almoçarmos?" Eu digo para Nova, levando-a em direção ao café a alguns quarteirões de distância.

Nova dá de ombros levemente e acena com a cabeça.

"Depois, podemos tomar sorvete." Eu olho para ela enquanto caminhamos pela calçada.

Seu sorriso é de lábios apertados e suas bochechas rosadas, mas o silêncio é ensurdecedor. Eu quero que ela fale comigo de novo, ria e ria, cante músicas como ela costumava fazer com sua mãe.

Embora eu reconheça que Serene se foi e esses momentos estão no passado, não posso deixar de sentir falta da garotinha cheia de vida e brilho.

Vance e os DeLucas roubaram a inocência da minha filha. Uma criança de quatro anos não deveria ter que testemunhar sua babá assassinada a tiros ou um funeral para sua mãe, tudo na mesma semana.

Eu gemo.

Nova aperta minha mão e olha para mim.

Mais silêncio puxa meu coração. Quero que ela confie em mim e fale comigo.

Dante e Nikki estavam certos em me empurrar para levá-la a um psicólogo infantil. Eu não deveria ter mentido, fingido que Paige era minha esposa e tudo era sol e arco-íris.

Eu sou um monstro.

Eu machuquei Nova.

O perdão não está no meu sangue.

Estará no dela?

Atravessamos a rua e abro a porta do café.

Paige entrega seu cartão de crédito para a garçonete, e seu olhar pousa diretamente em mim.

O sorriso desaparece de seu rosto.

Boa.

Nova vê Paige e solta minha mão, correndo para abraçá-la.

Eu não vou mentir. Dói que minha filha se acenda como uma criança na manhã de Natal ao primeiro sinal de Paige.

Quero que Nova me olhe assim, com tanta admiração.

Inferno, eu quero que Paige me olhe assim.

"Paige!" Nova grita.

Droga.

Esse dia pode ficar pior?

Meus passos não são nem um pouco leves quando me aproximo da mesa delas.

Nova já subiu na cabine com Paige, sentindo-se em casa.

Por que ela não iria? Minha filha adora a babá.

Sawyer pega uma mesa sozinho, de costas para a parede para que ele possa nos observar.

"Senhor Ricci," Ariella diz secamente e oferece um sorriso falso na minha abordagem.

A cor está voltando lentamente para as bochechas de Paige. "Senhor", ela se dirige a mim. "Nós estávamos terminando."

"Não se apresse na minha conta", eu digo.

Estou minimamente satisfeito por ela ter desobedecido a uma ordem direta? Não, mas não estou prestes a fazer uma cena no café em frente de clientes, Ariella, ou minha filha.

A prioridade é garantir que ela volte para casa em segurança comigo.

Ariella olha para o telefone. "Eu tenho que ir buscar as crianças."

Eu não posso dizer se é mentira, ou se ela tem mesmo que sair, mas de qualquer forma, é óbvio que ela está desconfortável e procurando uma desculpa para sair.

Por mim tudo bem.

Eu espero que ela saia da cabine antes de tomar seu assento, situado em frente a Paige.

"Eu vou te ligar. Obrigado por vir hoje para o almoço," Paige diz.

Ariella se inclina para dar um abraço de despedida em Paige e sussurra algo em seu ouvido.

Não consigo ouvir o que está sendo dito em meio ao ruído de fundo do café. Que pena.

Elas se despedem e Ariella me dá um pequeno aceno antes de sair correndo pela porta. Eu não a culpo. Estou prestes a discutir com Paige, mas a única coisa que me mantém remotamente calmo é que Nova falou.

Minha boca está seca, e ela está sentada com Paige, colorindo em um jogo americano de papel. Paige tirou giz de cera de sua bolsa no minuto em que Nova se sentou. Mesmo fora do horário de trabalho, ela continua trabalhando e sempre atenta às necessidades da minha filha.

"Eu sei que você está bravo." Paige não faz rodeios, e eu aprecio esse fato com ela. Ao contrário da maioria das pessoas com quem trabalhei no passado, ela é direta.

"Agora não é hora de ter essa discussão", eu digo, olhando para Nova.

Paige esfrega as costas de Nova enquanto ela rabisca principalmente no papel, mas de vez em quando, o giz de cera se projeta sobre a mesa de madeira.

"Não foi por isso que você se sentou?" Pergunta Paige.

A garçonete tira os pratos da mesa e outra equipe passa, limpando e higienizando a mesa.

"Viemos aqui para almoçar." Eu me levanto e pego um menu junto com um menu infantil para Nova antes de voltar para a mesa.

Ela pressiona os lábios firmemente juntos em uma linha. Ela está segurando a língua, evitando dizer algo e provavelmente tentando decidir como não ser demitida. Embora ela já tenha tentado desistir.

Eu não vou deixá-la desistir.

Ela é muito importante para Nova.

Eu também sou um bastardo egoísta e não quero que ela vá embora.

"Eu sei que você já comeu, mas você pode comer a sobremesa. Eu pago. Ou se preferir voltar para casa,

Sawyer pode acompanhá-lo de volta." Faço um gesto para o guarda sentado do outro lado do corredor, caso ela não o tenha notado.

Nova puxa o braço de Paige e gesticula para ela se inclinar. "Fique," Nova sussurra um pouco alto demais para ser considerado um sussurro.

"Vou precisar de um menu de sobremesas", diz Paige à garçonete quando a mulher para perto da mesa.

"Você se divertiu hoje com seu pai?" Pergunta Paige. Sua atenção está inteiramente voltada para minha filha.

Nova para de rabiscar no papel por um segundo e acena vigorosamente. "Senti a sua falta."

Meu coração dói com a admissão de Nova.

Paige abraça Nova em um abraço. "Eu também senti sua falta, mas prometo que da próxima vez que você for ao museu infantil, irei com você."

"Promessa de mindinho?" Nova estende o dedo mindinho.

Não quero olhar, mas não consigo evitar. É como se eu estivesse escutando um momento privado.

Paige olha para mim com um sorriso tímido. "Em uma escala de um a dez, quão bravo você está comigo agora?"

Isso me pega desprevenido. Eu rio baixinho. "Foi um dez, mas vendo o quão boa você é com Nova, caiu significativamente." Nunca pensei que uma mulher pudesse transformar meu coração gelado e aquecê-lo.

Ela sorri descaradamente. "Boa. Meu plano funcionou."

Ela está provocando. Eu posso ver isso no brilho em seus olhos.

Paige é a pessoa menos manipuladora que conheço, mas saiu sem guarda, o que ainda me incomoda.

É só porque eu quero protegê-la. O pensamento de algo acontecendo com ela, Vance vindo atrás de Paige porque ela trabalha para a família, me dá vontade de vomitar.

A garçonete vem até a mesa, e eu peço uma sanduíche para mim, macarrão com queijo para Nova, e Paige pega uma fatia de torta de chocolate para a sobremesa.

"Então, você e Ariella são amigas?" Nem me ocorreu o que ela poderia querer fazer ou quem ela gostaria de visitar em seu dia de folga.

Embora eu soubesse que elas se conheceram no parque, eu esperava que esse fosse o fim da interação delas.

Seus olhos se apertam. "Isso é um problema?"

"Não. Eu não tenho nenhum problema com Ariella." É o marido dela e seu bando de escoteiros, a equipe Eagle Tactical, que me incomoda. Eles não são um bando de santos como todos pensam deles.

"OK. Com quem você tem problemas, porque eu sou uma mulher adulta e posso sair com quem eu quiser ou namorar quem eu quiser?"

Sua atitude atrevida me surpreendeu, e o comentário sobre namorar quem ela quer me dá um nó no estômago.

Ela não está errada.

Paige não é minha.

"Você está namorando Ariella?" Eu sei que não é isso que ela quer dizer, mas eu quero que ela elabore desde que ela tocou no assunto.

Ela bufa e revira os olhos. "Não, mas você não pode me trancar em sua casa até sentir que é seguro para mim sair. Pelos seus padrões, nunca terei permissão para sair."

Isso não é verdade.

Mas ela está certa. Tenho sido rigoroso com ela, mas é porque estou preocupado com o bem-estar dela.

"Você tem um encontro quente?" Eu preciso saber se ela foi convertida com alguém em segredo. Ela tem o fim de semana inteiro de folga. Ela está planejando se encontrar com um estranho esta noite ou amanhã?

"Com ciúmes?" ela brinca.

"Não", eu respondo um pouco rápido demais.

Nova ergue os olhos de sua coloração e vira o papel, já que ela coloriu praticamente cada centímetro do jogo americano.

"Devemos sair, só nós dois", eu digo.

De onde diabos isso veio? Eu deveria manter minha boca fechada.

Ela franze os lábios, refletindo sobre isso. Ela não disse uma palavra, o que só me deixa mais nervoso. Eu não namoro ninguém há anos. A última garota que namorei, acabei me casando, Serene.

"A menos que você tenha aversão a namorar seu chefe?"

O rosto de Paige está tão vermelho quanto o giz de cera apertado no punho de Nova. É de raiva ou vergonha?

Espero que ela não esteja prestes a me dar um tapa por ultrapassar os limites.

"NÃO TENHO AVERSÃO A NAMORAR MEU CHEFE", digo, "mas admito que provavelmente não é uma boa ideia."

Ele parece um pouco abatido.

"Mas eu não estou dizendo não", eu confesso. "Nós só precisamos levar as coisas devagar. OK?" Eu nem tenho certeza por que ele está me convidando para sair.

Ele gosta de mim, mas ainda parece estar de luto por sua esposa morta. Eu não quero ser sua garota rebote. Será mesmo um rebote depois que um cônjuge é falecido?

"Devagar é bom", diz Moreno.

A garçonete traz a Nova um copo de leite em um copo de plástico, com tampa e canudo, e Moreno um copo de água. Ela enche o meu antes de desaparecer de volta para a cozinha.

"Vou planejar um encontro só para nós dois hoje à noite."

"Esta noite?" Eu pergunto e alcanço meu copo de água.

Ele se move rápido.

"Eu não dou tudo no primeiro encontro", eu aviso.

"Não dá o quê?" Moreno pergunta inocentemente.

A sala parece vários graus mais quente, e eu tomo outro gole da minha água, tentando esfriar e me acalmar.

"Você fica fofa quando cora."

Eu escovo uma mecha de cabelo atrás da minha orelha. É mais fácil para mim focar minha atenção em Nova.

"Você está se divertindo colorindo?" pergunto a Nova.

Ela deixa cair o giz de cera e olha para mim. "Você não respondeu à pergunta dele. O que é que você não dá em um encontro?"

Meus olhos se arregalam de horror. A pequena Nova, que mal falou mais do que uma palavra aqui ou ali nos últimos dias, agora decidiu que era uma boa hora para me humilhar!

Moreno tem um sorriso presunçoso gravado em seu rosto. "Você vai responder a ela?"

"Nova, seu pai te ensinou sobre como se fazem os bebés?"

Seus olhos se arregalam e ele me interrompe antes que eu possa continuar a discussão sobre o assunto.

As orelhas de Moreno são vermelhas brilhantes. "Nova, querida, seu almoço está saindo. Por que você não larga os giz de cera e vamos lavar as mãos no banheiro?

Sem dizer nada, ela coloca o giz de cera na mesa e sai da cabine, seguindo o pai até o banheiro.

Não posso deixar de sorrir, satisfeita por ter conseguido virar a conversa contra ele, não que eu tivesse a intenção de dar a Nova a conversa sobre sexo. Isso cabe ao pai discutir quando for a hora apropriada. Eu sou a babá dela, não a mãe dela.

"Você vai se comportar?" Moreno me pergunta enquanto volta para a mesa.

Aponto para mim mesma, fingindo estar chocada com sua sugestão. "Eu?"

"Sim, você. Nova pelo menos tem a audácia de ser bem disciplinada." Os olhos de Moreno estão brilhando por trás de seu exterior frio. Há um sorriso no canto de seus lábios. Ele está tentando esconder isso e interpretar o durão que ele veste tão bem.

Provavelmente vem naturalmente para ele.

"Sim, eu nunca fui para a escola ou tive uma babá para me ensinar tudo sobre como se fazem bebés", eu digo com uma risada.

Moreno revira os olhos e geme.

Nova sobe no meu colo, decidindo sua hora de abraçar. "Paige, o que você quer dizer com fazer bebés?"

"Sim, Paige, o que você quer dizer?" Moreno pergunta, inclinando a cabeça. Ele está tentando manter a calma, mas não vai durar nesse ritmo. Seu rosto está vermelho, e acho que ele está segurando o riso porque deve saber que vou torturá-lo se conseguir me safar.

Ele não parece zangado, apenas perturbado.

Boa.

Isso é o que ele ganha por me interromper quando eu estava almoçando com Ariella mais cedo. Bem, o almoço tinha acabado, mas ainda assim, a vingança é um jogo justo.

A garçonete traz o almoço de Moreno e Nova e minha sobremesa para a mesa. Eu gentilmente posiciono Nova de volta na mesa ao meu lado para que ela possa comer.

Nova sobe de joelhos e pega o garfo, esfaqueando seu macarrão com queijo.

Felizmente, a conversa é rapidamente esquecida, embora eu não possa deixar de notar o esfaqueamento intencional com o garfo em sua comida. É quase violento quando ela envolve o punho em volta do utensílio e esfaqueia o macarrão.

"Você ensinou isso a ela?" Eu pergunto, gentilmente levantando meu garfo da mesa enquanto corto a torta. O vapor flutua no ar e espero alguns instantes para que esfrie.

Moreno ergue os olhos de sua sanduíche e observa as repetidas facadas de Nova em seu macarrão.

Ele ri e enxuga o rosto com um guardanapo. "Não, eu não sei onde ela aprendeu isso."

"Provavelmente observando um de seus guardas." É uma piada, mas ele não ri.

Moreno me encara por um longo e duro segundo. Ele mantém a voz baixa, certificando-se de que a conversa não seja ouvida por mais ninguém.

"Nós não matamos pessoas aleatoriamente", diz ele.

"Eu sei." Enfio o garfo com um pedaço de torta de chocolate na boca. Está quente e queima o céu da minha boca, mas não quero discutir o trabalho dele. Percebo que ele trabalha para a máfia, matou pessoas e, embora ache tudo isso aterrorizante, não vejo o monstro.

Talvez eu tenha antolhos.

"Ela testemunhou alguém—" Eu não termino a frase. Deixei no ar, esperando que ele respondesse. O que eu quero saber é se Nova testemunhou o assassinato de Serene ou de sua babá. Não posso fazer essa pergunta na frente de Nova.

Não deveríamos nem ter essa discussão em um café em público.

"Provavelmente, sim", diz Moreno. "Podemos falar sobre isso mais tarde. Vou lhe contar tudo o que você quer saber, em privado."

Essa é uma resposta tão boa o suficiente para mim quanto eu jamais obterei. "Obrigado."

Embora eu queira saber o que aconteceu com sua esposa e a babá anterior, também não tenho certeza de como me sentirei sobre isso. É óbvio para mim que ele sente falta de Serene. Ele ainda está apaixonado por ela. Por que mais ele teria ficado tão bravo com o anel dela?

Depois que eles terminam o almoço e eu acabo com minha torta, Moreno paga a conta e nós saímos, Sawyer nos seguindo.

Parece estranho, como se tivéssemos um acompanhante. É assim que será quando sairmos em um encontro? Ele não trouxe ninguém connosco naquela noite para o clube.

"Papai, sorvete", diz Nova e aponta do outro lado da rua para a sorveteria.

"Eu vou voltar para a casa", eu digo. Eu já comi a sobremesa e, embora adorasse fazer companhia a eles, está nublado lá fora, e uma brisa está entrando e está me deixando com frio.

"Eu prometi sorvete a ela", diz Moreno.

Sorrindo, eu gesticulo para a loja. "Você fez uma promessa a ela, e você tem que mantê-la." Eu não posso acreditar que ela ainda quer sorvete depois do almoço enorme que ela acabou de tomar, mas a criança provavelmente iria querer no meio do inverno também.

"Sawyer, escolte-a para casa. Voltarei com Nova depois de terminarmos de tomar sorvete."

Eu não preciso de um guarda-costas. "Isso não é necessário."

"Eu insisto", diz Moreno. Seu tom tem autoridade.

Não é que eu tenha um problema com Sawyer. Ele parece ser um cara legal o suficiente, mas eu não quero voltar para a cabana com ele e ter que bater papo. Ou pior, um silêncio morto e constrangedor.

"Se alguém precisa de um segundo par de olhos e alguém cuidando dele, é você. Se Nova está com você, é aí que o guarda precisa estar." Ele tem que ver meu argumento.

Ele para, mas não parece satisfeito. "Tudo bem, mas você está indo direta para a casa."

"Sim", eu digo. "Vou voltar e tirar uma soneca."

"Tudo bem." Ele não parece satisfeito, mas ele me encontrou depois que eu escapuli. Isso foi uma coincidência?

Eu duvido.

Conhecendo Moreno, ele tem um guarda-costas escondido em volta de uma árvore, e eu simplesmente não o vi.

Eu aceno para Nova enquanto eles atravessam a rua para a sorveteria enquanto eu sigo na direção do meu carro.

Virando a esquina, enfio a mão na bolsa, desenterrando minhas chaves, de cabeça para baixo na frente do meu carro.

Pneus cantam, e eu olho para cima para ver um SUV preto parando abruptamente ao lado do meu veículo.

Dois homens armados com armas saltam do veículo e me agarram antes que eu possa correr. "Você vem com a gente", diz um deles. Ele é baixo e careca, com um nariz enorme.

Não o reconheço.

Não reconheço nenhum dos homens que me empurram para o banco de trás. O outro homem sentado na parte de trás faz minha pele arrepiar.

"Vance," eu sussurro, lembrando dele do nosso encontro anterior no clube e me contratando na agência.

"Estou feliz por causar uma impressão duradoura."

TRINTA E QUATRO

MORENO

O CARRO de Paige não está à vista. Sawyer nos leva de volta ao complexo, e não posso deixar de sentir uma sensação avassaladora de pavor.

Algo está errado.

Quero estar só a exagerar, mas não consigo entender por que ela não teria retornado quando disse explicitamente que voltaria direto para o complexo.

Abrindo a porta, destranco Nova enquanto ela salta da cadeirinha, pulando até a porta da frente, alheia à minha preocupação.

Provavelmente é o melhor.

Sawyer destranca a porta da frente e abre para nós.

"Vá para a sala de jogos", eu digo para Nova, apontando para ela ir e fazer o que eu instruir.

Seus ombros caem. O salto em seu passo desaparece enquanto ela caminha pelo corredor e entra na sala de jogos, fora de vista.

"Onde está Paige?" Rhys é o primeiro guarda que vejo, além de Sawyer, que está comigo.

"Ela não está aqui."

"O que você quer dizer com ela não está aqui?" minha voz ressoa.

Essa não é uma resposta aceitável à minha pergunta.

Olho para Rhys, esperando uma resposta.

"Ela não voltou, senhor." Rhys parece aterrorizado.

Eu quero estar errado. Estar preocupado sem motivo, e ela estar bem. Mas ela não teria partido em outra aventura sem mim, teria?

Puxando meu telefone do bolso, abro o aplicativo de rastreamento, revelando que sua localização está desativada.

Merda.

Por que o telefone dela está desligado?

Onde diabos ela está?

Tudo dentro de mim grita que Vance DeLuca é responsável por seu desaparecimento. Eu quero estar errado. espero estar errado. Mas no fundo sei que ela não fugiria. De novo não.

————

Nikki, Luca e Nova estão trancados na sala do pânico. Não podemos confiar que Vance não aparecerá com Paige como refém, fazendo exigências sobre nós.

De pé sobre a mesa de Dante, meus dedos agarram a borda da mesa de madeira. Dante está na minha frente. Os capos, Sawyer, Caden e Halsey, estão na sala para discutir nossas opções.

Rhys fica de guarda na porta da frente, caso alguém apareça. Ele está nos notificando imediatamente se Paige entrar, ou qualquer outra pessoa, sem ser convidado. Os guardas do posto também têm ordens idênticas.

Embora eu suspeite que ouviremos tiros antes que alguém nos chame pelo rádio.

"Temos alguma ideia de onde Vance montou sua nova base?" Eu pergunto.

Não é nenhum segredo que Vance voltou para a cidade. Seu aviso semanas atrás não foi esquecido.

Pontos de Sawyer no mapa espalhados pela mesa. "Eu tenho vigilância mostrando Vance nesta área, mas se ele voltar aos seus velhos hábitos de tráfico de mulheres e crianças, seu escritório não será no mesmo local do leilão."

Meu estômago dá cambalhotas. Eu engulo a bile subindo na minha garganta. Eu afrouxo minha gravata; o quarto está sufocando.

"O que significa que ele pode estar segurando ela em pelo menos dois locais", diz Dante. Sua testa está apertada.

"O que você quer que façamos, chefe?" pergunta Sawyer. "Se estivermos espalhados demais, corremos o risco de uma emboscada aqui no complexo."

"Isso não vai acontecer. Este lugar é uma fortaleza", diz Dante. Sua voz tem convicção. Se ele tem um pingo de preocupação ou dúvida, ele não demonstra.

Faz parte do trabalho dele, ser o chefe, sempre ter que manter as coisas em ordem.

Sawyer está certo, mas eu não quero sugerir apenas um local. Se houver uma oportunidade de resgatá-la, precisamos agarrá-la.

"Entraremos com duas equipes e atingiremos os dois locais. Nosso objetivo é resgatar Paige e matar Vance, mas se encontrarmos outras garotas presas contra sua vontade, você tem ordens para tirá-las.

Dante não é um santo, mas certamente se parece com um em comparação com Vance.

Sawyer aponta para o mais próximo dos dois locais, ainda a vários quilômetros de distância, no meio do nada. "Acredito que este é o local onde as meninas estão sendo detidas por tráfico."

"Eu vou liderar esse time", eu digo. Não posso ficar parado esperando para ouvir o que acontece com Paige. Ela significa muito para mim, e se Vance ainda não a matou, só posso supor que ele pretende vendê-la pelo maior lance.

Ela não é apenas uma babá. Ela fez tanto por minha filha e minha família. O mínimo que posso fazer é tentar libertá-la do inimigo.

"Bom", diz Dante. "Vou acertar o local do leilão. É menos provável que ela esteja lá. Ela só se foi há algumas horas, e eles tendem a quebrar as garotas mentalmente antes de vendê-las."

As imagens de Paige sendo forçada a fazer coisas para homens aleatórios borram minha visão. Saio do escritório, incapaz de respirar.

Eu tropeço pelo corredor e abro a porta da frente, mal conseguindo descer o degrau e cair na grama. O ar não me esfria rápido o suficiente. Eu me curvo, doente.

Fraqueza.

Preciso me recompor se vou em uma missão para salvar Paige e derrubar os homens de DeLuca.

A náusea se foi tão rápido quanto veio à tona e agora é substituída por calor e raiva enfurecedores. Eu entro, batendo a porta.

Rhys salta para fora do caminho, assustado.

Em chamas, estou de volta ao escritório de Dante. "Vamos blindar", eu digo.

Não quero perder mais um minuto falando. Nós temos um plano. Sabemos para onde estamos indo e quem está em qual time. Temos rádios para nos comunicarmos com o que encontramos.

Bom ou mau.

"Dispensados", diz Dante e manda os capos saírem da sala. "Moreno, uma palavra."

Sawyer fecha a porta ao sair, deixando Dante e eu sozinhos.

"Sim, chefe."

"Não deixe Vance entrar na sua cabeça", ele avisa.

Eu bufo sob minha respiração. Vance está sempre lá, a perceção de que ele assassinou minha esposa, roubou a mãe da minha filha e destruiu minha família.

Agora ele levou Paige.

"É tarde demais para isso, senhor." Estou longe de ter uma cabeça nivelada. No minuto em que vir Vance, darei o tiro mortal.

TRINTA E CINCO

PAIGE

"LEGAL de sua parte se juntar a nós," Vance diz.

A porta se fecha atrás de mim. Eu tento a maçaneta, mas está trancada com segurança para crianças.

Por que eu esperaria menos de homens como Vance?

"Como se eu tivesse uma escolha no assunto." Seus capangas me puxaram para fora da rua sob a mira de uma arma e me jogaram na parte de trás do SUV.

O motorista sai voando, para longe da pequena área central de Breckenridge.

Vance pega minha bolsa, abre a janela e a joga pela janela.

"Ei!" Eu grito.

"Seu telefone pode ser rastreado", diz Vance.

Ele poderia simplesmente ter pegado meu telefone, mas ele escolheu jogar toda a minha bolsa, carteira e conteúdo na rua para ser atropelado pelo próximo veículo que passava.

Idiota.

"O que você quer comigo?" Eu pergunto. Se ele planeja me matar, ele teria se incomodado em me pegar na rua primeiro?

Ainda não sei o que aconteceu com Serene ou Laura. Elas foram torturadas antes de morrer?

Um arrepio percorre meu corpo.

Ele as matou ou mandou seus capangas fazerem isso? Moreno estaria enganado?

Vance estende a mão para acariciar minha bochecha. "Eu só quero me divertir um pouco. Não se preocupe, princesa."

Eu tento afastar-me. Não há nenhum lugar para eu ir.

"Eu não sou sua princesa", eu rosno para ele. É melhor ele manter suas patas sujas longe de mim.

Minhas costas estão contra a janela do SUV. A maçaneta da porta não abre. Posso tentar abaixar a janela e me jogar pela vidraça aberta, mas o motorista ganha velocidade, e duvido que consiga chegar mais do que a metade antes que Vance me agarre e me arraste de volta para dentro.

E isso pressupõe que eu possa abrir a janela.

À medida que nos afastamos de Breckenridge, há menos veículos na estrada.

Eu deveria ter acatado o aviso de Moreno e levado Sawyer comigo. Pelo menos então, eu teria uma chance de lutar.

Mas e se Vance tivesse ido atrás de Moreno e Nova se Sawyer estivesse me protegendo?

Vance se inclina e todos os pelos do meu corpo ficam em pé.

Um aviso de que minha vida está em perigo.

Sem brincadeiras.

Meu coração está batendo contra minha caixa torácica, lembrando-me de que estou presa, mas, eventualmente, o veículo terá que parar, e quando alguém abrir a porta traseira, eu vou correr.

"Eu gosto de uma pequena mordida em uma garota", diz Vance. Ele não sorri. Duvido que ele já tenha sorrido em sua vida.

Ele pega um punhado do meu cabelo e aproxima meu rosto.

Eu engulo de volta meu medo. Eu não vou me acovardar com ele. Ele provavelmente gosta de ver mulheres implorando por suas vidas.

"O que você quer comigo?" Eu pergunto a ele pela segunda vez.

"Inteligente e bonita. Uma combinação rara", diz Vance. "Eu tenho uma proposta para você."

"Não." Minha resposta vem antes que eu possa ouvir ou pensar sobre sua oferta. Seja o que for, não será bom.

"Ninguém diz não a Don DeLuca." Vance agarra meu pescoço e me puxa para perto o suficiente para me beijar.

Minha respiração engasga de medo. Seu hálito é pútrido. Seu odor corporal queima minhas narinas. Seu cheiro me faz querer vomitar.

Se ele tentar me beijar, vou morder sua boca.

"Pretendo derrubar Moreno e quero sua ajuda. Você vai me ajudar, princesa.

Ele está fora de si? "Por que eu iria ajudá-lo?"

Ele deve estar louco para pensar que vou trair Moreno.

"Porque se você não fizer, eu vou atrás da menininha, vou estuprá-la, matá-la, e Moreno nunca vai te perdoar quando descobrir que é tudo culpa sua. Você trabalha para mim desde o começo. Lembra?"

"Você é um monstro", eu fervo entre os dentes cerrados.

Vance me solta, mas sinto como se estivesse sufocando na parte de trás do veículo.

Moreno não me culparia. Certo? Eu deveria ter confessado sobre a agência, que Vance estava comandando a operação.

Mas não posso deixá-lo machucar Nova.

"Você não vai tocá-la", eu digo. "Só um covarde faria mal a uma criança, quanto mais ameaçar uma."

Vance me dá um tapa na cara. "Cuidado com quem você está chamando nomes, princesa."

A picada queima e traz lágrimas aos meus olhos. Não quero chorar, principalmente na frente dele, mas a dor é tão esmagadora quanto o trauma emocional de suas palavras.

Imaginar Nova gritando por socorro, implorando para Vance deixá-la ir, é aterrorizante para mim.

Não posso deixar nada acontecer com Nova.

"Se você machucar um fio de cabelo daquela criança, eu mesma te mato."

Vance e os outros homens no veículo riem da minha ameaça.

"Eu não vou tocá-la se você fizer exatamente o que eu digo."

Tenho medo de perguntar o que ele quer que eu faça. Embora eu nunca queira machucar Moreno, também não posso deixar nada acontecer com Nova. Eu nunca seria capaz de viver comigo mesma se ele machucasse um fio de cabelo daquela criança.

Vance toma meu silêncio como aceitação.

O que quer que ele queira de mim, envolverá traição.

Moreno nunca vai me perdoar.

———

Ele não me conta seu plano, o que ele espera que eu faça para ajudá-lo. Estou esperando a âncora que pesa no meu estômago desaparecer.

Nesse ritmo, nunca desaparecerá. Estou me afogando e Vance vai me derrubar com ele.

Olho pela janela lateral, reconhecendo a rota que estamos tomando. É uma estrada secundária pela floresta e, se não me engano, fica a apenas alguns quilômetros da cabana onde estou hospedada com a família Ricci.

O SUV para abruptamente.

"Um de nossos homens está lá dentro, trabalhando para nós." Vance olha para mim sombriamente. "Ele vai ficar de olho em você."

Não tenho certeza se acredito nele ou não.

Não há evidências de alguém trabalhando para Vance, exceto pelo meu sequestro. É possível que ele soubesse que eu estava sozinha hoje? Mas então porquê me pegar depois do almoço e não antes?

Vou ter que andar com cuidado.

"Seu empregador não estará por perto por muito mais tempo. Vamos apenas dizer que a fumaça vai chegar até ele."

Isso é um jogo para ele? Um enigma? Ele está falando sobre o incêndio que Nova ateou ou outro incêndio próximo?

Bile sobe para minha garganta. "O que você espera de mim?" Eu pergunto.

Ele quer que eu faça alguma coisa. Ele não está me dizendo isso pela bondade de seu coração. Duvido que o homem tenha algo mais do que um coração de pedra.

"Se você quer salvar aquela garotinha, é melhor ir para longe rápido."

Ele quer que eu leve a criança da casa dela?

Ele é louco?

"Boom!" ele grita, suas mãos em punhos e então abrindo rápido como uma explosão. "Os Riccis vão queimar, junto com todos lá dentro."

A porta se encaixa no veículo. Meu coração está batendo descontroladamente no meu peito. Abro a porta do carro e saio correndo antes que eles possam me pegar.

Eles estão me deixando ir?

Não olho para trás por cima do ombro enquanto entro na floresta para escapar.

Tudo o que ouço são risadas e gritos grossos e profundos. "Corra, princesa!"

TRINTA E SEIS

MORENO

EU LIDERO A EQUIPE, com Sawyer, Caden e seis soldados adicionais atrás de mim. Não temos vigilância ativa ou áudio.

É arriscado ir às cegas, mas precisamos encontrar Paige.

Eu não vou deixar nada acontecer com ela.

O walkie-talkie está preso ao meu cinto. Houve apenas silêncio de rádio.

Meu celular também não tocou.

Embora o sinal seja forte em nossa localização atual e haja uma torre de celular próxima, não houve resposta, o que significa que não há notícias.

Paige ainda está desaparecida. Ela está lá fora, sendo mantida por Vance contra sua vontade. Eu só posso imaginar todos os atos terríveis que ele está fazendo com ela, e isso faz meu estômago revirar.

Se ele a quisesse morta, não teria sido tímido e a teria assassinado em plena luz do dia, assim como fez com minha esposa, Serene.

Vance é um monstro. Vindo atrás do que mais importa para mim, família.

Porquê eu? Porquê minha família? Não que eu queira que algo aconteça com Luca ou Nikki, mas seu fascínio por me torturar precisa acabar.

Matamos os guardas primeiro, na entrada de seu esconderijo. Dois guardas contra nove de nós, não há problema em arrombar os portões principais, embora sejamos excessivamente zelosos com as balas, atirando várias vezes em cada guarda.

Assim que passamos pelo portão, corremos para a porta principal do prédio de tijolos. Este não é o lugar onde eles costumavam abrigar as meninas. É recém-construído, mas não tem o nível de segurança que se poderia esperar de uma operação de tráfico.

Onde estão os guardas adicionais no perímetro?

"Continue se movendo," eu ordeno aos meus homens que entrem na instalação. O tempo não está do nosso lado.

A erupção de tiros tinha que ser notada. Seus homens provavelmente estão se armando e se preparando para nós.

Caden atira na maçaneta da porta, nos dando entrada. Ele e dois de seus soldados entram primeiro, varrendo a área, atirando em qualquer um considerado uma ameaça.

Gritos femininos ecoam lá em baixo.

As tábuas do piso rangem e chiam enquanto andamos. Cada passo sagrado. É óbvio que há um porão, um bunker, algum tipo de prisão subterrânea abaixo.

Ainda não encontrámos a porta para isso.

Há muitos homens de Vance com armas atirando em nós enquanto atiramos de volta.

Uma rajada de tiros racha um logo após o outro.

Sangue jorra quando matamos quatro homens.

Quatro.

São muito poucos para estar guardando um composto dessa magnitude.

Vozes femininas gritam e gritam abaixo de nossos pés.

"Paige!" Não reconheço sua voz entre as mulheres que clamam por socorro, implorando por segurança e liberdade.

Chuto uma arma para longe de um dos mortos.

"Algo está errado", eu digo, olhando para Sawyer.

Caden salta nas tábuas do assoalho que dão muito. Ele se abaixa e abre uma das ripas de madeira.

"Olá?" Caden se inclina mais para baixo e chama para onde o som de vozes ecoou por ajuda.

Eu me inclino e puxo mais duas tábuas com ele. "Dê-nos uma mão!"

Sawyer e outro soldado soltam as tábuas, uma a uma, para encontrar quatro mulheres presas na escuridão, cobertas de sujeira e sujeira.

"Paige?" Não vejo nenhum sinal dela.

"Senhor", diz um guarda mais jovem, Giovanni. Sua voz tem uma sugestão de um tremor.

"O que é isso?" Eu nem olho por cima do ombro. Nós arrancamos as últimas tábuas do assoalho para tirar as meninas da prisão.

Não temos tempo para fazer xixi. A qualquer momento, mais reforços podem estar a caminho, e ainda temos que localizar Paige.

"Tem uma bomba".

Meu estômago dá um nó. Nenhum de nós sabe nada sobre desmontar uma bomba. "Está em um cronômetro?" Eu pergunto a Giovanni.

Minha atenção permanece na loira sob as tábuas do assoalho. Eu me deito no chão de madeira e estendo meus braços, puxando-a para cima. Sawyer faz o mesmo para ajudar a menina mais nova que não pode ter mais de doze anos.

O que diabos está errado com Vance?

Por que ele levaria uma criança de sua casa?

Eu sei a resposta, e a bílis sobe à minha garganta só de pensar no monstro que ele é, vendendo mulheres e crianças para casar.

É nojento.

"Sim. Diz um minuto e trinta e cinco segundos, senhor." Ele começa a contagem regressiva.

Caden puxa outra garota, em seus vinte e poucos anos, debaixo do chão.

Falta uma garota.

"Saia daqui!" Eu exijo.

A garotinha fica ali parada, tremendo de choque. Sawyer a levanta e a carrega pela porta da frente.

"Me dê sua mão." Não vou deixar a última garota para trás. Não importa que estejamos ficando sem tempo.

"Eu não posso. Salve-se", diz ela.

Eu me jogo de volta no chão e estendo meu alcance, esticando meus braços para ajudar a levantá-la. Está claro que seu braço já está deslocado, e é por isso que ela hesita em usar o braço para me deixar levantá-la.

É uma luta para puxá-la para cima, para não mencionar a bomba a poucos metros de distância.

No momento em que a levantei, saímos do mesmo jeito que entrei, indo para a porta aberta.

Boom!

TRINTA E SETE
PAIGE

EU RASGO A FLORESTA COM PRESSA. Eu não sou nem um pouco cuidadosa. Galhos arranham meus braços e pernas. Eu ignoro a picada. Não é nada comparado ao meu pulso batendo tão alto que acho que posso ficar surdo.

Há barulho ao longe atrás de mim.

Os homens de Vance estão quase me acompanhando.

Suas vozes estão abafadas, mas eles estão me rastreando.

Por que eles me deixaram ir se eles apenas pretendiam me caçar? Isso é um jogo para Vance? Deixar-me pensar que ganhei minha liberdade, apenas para pegá-la de volta?

O que eles queriam dizer, *boom*?

Dezenas de perguntas passam pela minha cabeça enquanto eu continuo andando pela floresta e me recuso a diminuir o ritmo.

Eles plantaram uma bomba? Se o fizeram, preciso avisar Moreno e os outros. Mas quem está trabalhando com os DeLucas?

Não conheço os guardas o suficiente para saber se algum deles trairia Moreno. Dante nunca seria o rato. Ele é o chefe e casado com Nikki. Não consigo imaginar que ela estaria trabalhando para Vance, embora fosse parte de sua família.

Pelo menos no passado.

Será que ela estava enganando Dante e Moreno?

Embora eu duvide, também não posso correr o risco de que ela ou qualquer outra pessoa machuque Nova.

A sola dos meus pés lateja quando me aproximo da cerca de metal ao redor do perímetro. Não estou no portão, então corro e sigo a cerca até chegar ao posto de guarda na entrada.

Estou sem fôlego - meu coração martelando no meu peito.

"Paige," a voz de Leone é como música para meus ouvidos.

Segurança.

Proteção.

Eu preciso chegar a Nova para protegê-la e avisar os outros sobre Vance.

"Preciso falar com Moreno", digo. Devo parecer tão suja e nojenta quanto me sinto. Estou coberta de suor da corrida. Meus pés doem, minha pele está arranhada e sangrando.

Leone destranca o portão, e as portas de metal rangem ao abrir.

"Vance não está muito atrás," eu aviso o guarda. "Eu escapei e corri pela floresta, mas tenho certeza de que eles estavam me seguindo. Alguns dos homens estavam a pé, outros estavam em um SUV preto."

Eles não me tiraram da cidade para me dar uma carona e ameaçar a família. Há mais para Vance. Ele é um assassino e um monstro.

"Entre", diz Leone e aponta para a cabine.

"Onde está Nova?" Ela está bem?

"Nova está na sala do pânico com Nikki e Luca. Você deve entrar lá sozinha. Vá!" grita Leone.

Ele não parece feliz por eu estar ali fazendo perguntas quando lhe disse que Vance e os outros estão a caminho.

Corro para dentro do prédio. Leone liga para alguém em seu walkie-talkie, mas não consigo ouvir o que está sendo dito.

Estou uma bagunça, e normalmente eu tiraria meus sapatos antes de entrar na cabana, especialmente depois de pisar na floresta, mas minha principal preocupação agora é Nova.

Se o que Vance mencionou for verdade e houver uma bomba em algum lugar da casa, não posso deixar que nada aconteça com Nova.

Eu rasgo as escadas para o quarto do pânico.

Não tenho o código. "Nikki!" Eu sei onde está a porta e bato repetidamente. Ela pode me ver de uma câmara se quiser ter certeza de que estou sozinha.

A fechadura faz um clique e a porta se abre lentamente. Nikki desbloqueou para mim.

Ela confia em mim.

Por que ela não iria?

"Acabou?" Nikki pergunta, me olhando de cima a baixo, sua testa franzida com a minha aparência.

Entro na sala do pânico, e Nova corre em minha direção, jogando os braços em volta de mim enquanto me abaixo para levantá-la.

"Eu tenho que ir", eu digo, carregando Nova para fora da sala do pânico e pelo corredor.

"Onde você está indo? Onde estão Moreno e Dante? Eles já voltaram?" Nikki pergunta.

Bruno, um dos guardas que menos conheço, põe os olhos em Nova e em mim. Eu sou cautelosa com minhas palavras. E se ele trabalhar para Vance?

Não posso avisar Nikki. Só posso esperar que ela retorne ao quarto do pânico e que ele seja à prova de fogo.

"Eles estão voltando", eu digo. É uma mentira fácil. Ela ajudou a configurar, me dizendo que eles se foram.

Não tenho ideia de quando algum dos homens está voltando. Presumo que estejam tentando me localizar, mas Vance parece estar um passo à nossa frente.

Desço correndo a escada até a porta.

"Para onde você está levando Nova?" Nikki pergunta. Seu tom é muito mais insistente.

"Eu tenho que levá-la para um lugar seguro. Volte para a sala do pânico," eu instruo.

"Mas você disse que Dante e Moreno estão voltando. Como você chegou aqui—" Os olhos de Nikki se arregalam, e ela agarra Luca, empurrando-o atrás dela enquanto a porta da frente se abre.

"Paige, Nikki," Vance diz com um sorriso astuto. "É tão bom ver vocês duas de novo." Ele mantém a porta aberta e gesticula para que eu leve Nova para fora.

Eu pego as chaves sentadas perto da porta. Não é meu carro, o meu ainda está na cidade, mas vou pegar o que puder para começar.

Eu aperto o botão de destravar e o SUV alguns metros abaixo pisca os faróis quando eu destranco o veículo. Corro com Nova, abrindo a porta dos fundos.

Não há assento de carro.

Bem, isso é uma emergência. Eu a prendo no banco do meio e rezo para que eu não acabe em um acidente.

Eu bato a porta e corro para a frente, pulando para dentro do banco do motorista. Ligo o motor e coloco o SUV em marcha à ré, pisoteando-o. Virando o veículo, eu deslizo a marcha em direção e sigo para o portão principal.

Leone vai me deixar passar pela entrada principal?

Quando me aproximo, os portões da guarda estão escancarados, a torre de guarda vazia.

Onde está Leone?

Ele está morto?

Ele trabalha para Vance? Foi assim que Vance conseguiu contornar a segurança?

Um arrepio percorre meu corpo.

Eu acelero e me recuso a olhar para trás.

"Onde estamos indo?" Nova pergunta.

É a primeira vez que sinto falta do silêncio dela.

TRINTA E OITO

MORENO

MEUS OUVIDOS ZUMBIAM.

Tudo dói.

Mas ainda estou vivo.

A onda de choque nos joga contra o chão. O calor do fogo explode atrás de nós da explosão enquanto o prédio se torna nada além de cinzas.

"Paige", eu sussurro.

Onde ela está?

Eu deveria estar aliviado por ela não estar no prédio, mas não tivemos tempo de vasculhar todos os cômodos ou andares de cima a baixo antes da explosão. Estávamos focados em resgatar as meninas, gritando por socorro.

Meu rádio está frito. Meu telefone está morto.

A explosão matou meu equipamento, mas o telefone de Sawyer parece estar funcionando. Ele está se comunicando com alguém, mas tudo o que ouço está zumbindo em meus ouvidos.

Sinto que estou gritando quando falo.

"Paige?"

Eu preciso saber que ela está bem.

Ele está balançando a cabeça lentamente, e eu posso vê-lo murmurar a palavra 'sim', mas isso é tudo que eu posso entender.

———

Levámos três veículos em nossa missão. Os soldados andavam juntos em um SUV.

Sawyer volta com as meninas, deixando-as na delegacia. Queremos que eles ajudem, mas também não queremos nos envolver mais e fazer com que a polícia nos faça perguntas.

Caden e eu voltámos direto para o complexo.

Paige está lá.

Ou estava lá?

Não consigo entender o que foi dito, apenas que preciso retornar imediatamente.

Meu estômago afunda quando nos aproximamos. O portão está bem aberto.

Leone estava cuidando do portão. Por que diabos não está fechado? Onde diabos ele está?

A cabine está vazia. Não há sinal dele, apenas uma mancha de sangue.

"Isso não parece bom", diz Caden.

Óbvio.

Há três veículos que não reconheço estacionados em frente ao nosso complexo.

Vance e seus homens.

É a única explicação que faz sentido. Ele guiou-nos para longe para conquistar nossa casa, nosso castelo.

Ele está atrás de Nikki? Luca?

Ele já pegou Paige, mas ela estava de volta ao complexo. Isso é o que a mensagem que nos foi entregue disse.

A menos que eles mentissem e quisessem que voltássemos.

"Me passa seu telefone." Precisamos encontrar Dante. Não vejo o veículo dele, o que significa que ele ainda não voltou.

Vance armou uma armadilha para nós com a bomba. Quem sabe em que perigo Dante pode ter entrado no local do leilão.

Teriam detonado uma segunda bomba?

————

Caden consegue falar com Dante. Ele já está voltando para o complexo com Rhys, Halsey e vários soldados que os acompanharam.

Em questão de minutos, Dante está entrando pelos portões logo atrás de nós. Estamos do lado de fora, pegando armas do porta-malas, garantindo que estamos totalmente armados e preparados para o que estiver à nossa frente.

Entramos no complexo pela porta da frente.

Dante lidera o ataque. Juntos, nós dois derrubamos vários guardas ao entrar no local. Sawyer e Caden estão logo atrás de nós, observando nossas costas enquanto nos esticamos pelo corredor.

O tiroteio está apenas começando.

De dentro do escritório, a voz grave de Vance atravessa o corredor.

Nossos soldados protegem o restante da casa. Dante, Sawyer, Rhys e eu vamos para o escritório.

Dante lidera, e eu estou bem atrás dele.

"Bem, bem, bem", diz Vance. Ele se senta com os pés em cima da mesa de Dante, reclinado na cadeira de couro. "Olha quem decidiu finalmente nos fazer uma visita."

Há dois guardas logo atrás da porta, Marco e Rafael, e mais quatro atrás de Vance que não reconheço.

"Armas no chão, rapazes", diz Vance.

"Esta é a minha casa. Tire seus pés da minha maldita mesa e sua bunda da minha cadeira," Dante estala.

Minha arma está apontada para Vance. Eu sei que no minuto que eu puxar o gatilho, será um banho de sangue.

Vance tira os pés da mesa, mas não se levanta da cadeira. "Isso não é maneira de falar com os convidados."

"Você não é um convidado. Você é um verme," eu digo.

Porquê ele está aqui? O que ele quer?

"Você nunca tocará em Nikki", diz Dante. Ele mantém sua arma apontada para Vance.

"Você acha que eu a quero mais? Seu pai está morto. Se ela estivesse por perto, eu teria que lutar com ela pelo trono", diz Vance. "Em vez disso, a família é minha e eu controlo tudo isso." Ele cola as mãos sobre a mesa.

"Porquê você está aqui? Onde está Paige?" É preciso tudo em mim para não atacar ele e envolver minhas mãos em seu pescoço e estrangular a vida dele.

"Paige saiu com sua filha," Vance diz com um sorriso irônico. "Ela sequestrou sua pequena estrela."

Eu engulo o nó na minha garganta.

Ele está mentindo.

Paige nunca sequestraria Nova.

"O que você quer?" Eu fervo entre os dentes cerrados.

"Nada mais do que ver você sofrer." Vance tem prazer em minha dor.

Eu quero fingir que não me incomoda, mas Nova é minha carne e sangue, minha família. Abandoná-la não está no meu ADN. "Porquê?" Eu pergunto.

A raiva penetra através de mim, e eu passo pelos guardas, empurrando o cano da minha arma sob o queixo de Vance, apontando para cima.

Tudo o que ele fez foi me causar dor.

Dois homens estão em cima de mim, uma pistola nas minhas costas, a outra na minha cabeça. Nada disso importa.

Eu preciso de respostas. "Por que você matou minha esposa?"

"Abaixe a arma, Moreno", diz Rafael.

Eu o ignoro. "Me responda!" Eu exijo Vance.

"Serene trabalhou para mim. Eu a contratei para se infiltrar em sua família, destruí-lo de dentro. Eu lhe paguei para se casar com você." O olhar presunçoso em seu rosto ferve meu sangue.

Mentiras.

"Eu não acredito em você." O que ele vai dizer a seguir, que contratou Paige para fingir ser babá?

"Eu matei Serene porque ela deveria te abandonar e me trazer Nova. Quando ela se recusou, eu atirei na babá como um aviso, e quando ela não veio comigo, eu cuidei do problema. Eu não quero o seu pirralho. Eu só queria te machucar. Ainda bem que Paige é uma boa ouvinte."

"Saia da minha casa," Dante ferve.

Tiros irrompem no andar de cima.

Vance nem pisca ao ouvir o som. Quer sejam seus homens sob fogo ou matando, isso não parece perturbá-lo.

"É melhor você guardar isso", diz Vance, referindo-se à arma posicionada sob o queixo. "Supondo que você queira ver sua filha novamente."

"Onde está Nova?"

"Você não ouve", diz Vance. "Eu te disse, ela está com Paige, longe daqui." Seus olhos brilham com alegria.

Eu engulo a bile que sobe na minha garganta.

Não.

Ele está mentindo.

"Saia da minha casa!" A voz de Dante ecoa por toda a sala.

Vance ergue as mãos em rendição simulada e lentamente se levanta.

É tudo jogos mentais para ele, manipulação, fodendo connosco de qualquer maneira que ele puder para nos torturar. É preciso tudo dentro de mim para baixar a arma e não atirar nele a sangue frio.

Ele assassinou Serene, mas se eu matá-lo, talvez nunca mais veja minha filha.

TRINTA E NOVE

PAIGE

"ONDE ESTÁ O PAPAI?" Nova pergunta. Ela continua com as perguntas, afivelada no banco de trás, pulando, não querendo ficar parada.

Eu não a culpo. A menina passou por muita coisa em tão pouco tempo.

Preciso proteger Nova, mas não sei como. Fugir parece uma ideia perigosa. Não estou tentando sequestrar a filha de Moreno.

Eu quero protegê-la.

A única maneira que conheço é me esconder à vista de todos.

Não tenho meu telefone, mas lembro o endereço que Ariella me deu e a localização de sua casa.

Parando na garagem, desligo o motor e abro a porta traseira para ajudar Nova a sair do SUV.

"Onde estamos?" Nova pergunta.

Eu não respondi as perguntas dela. Eu não sei como sem assustá-la. "Nós vamos para um encontro surpresa", eu digo. "Você se lembra de Ariella do almoço?"

Nova acena com a cabeça e aperta minha mão.

Estou imunda e coberta de sujeira. Eu preciso de um banho, mas nada disso importa agora. Bato com força na porta da frente e espero alguém atender.

Felizmente, Ariella está em casa. Havia um carro na frente.

A fechadura clica e desliza e, um momento depois, ela está abrindo a porta, olhando para mim.

"Você está bem?" Ariella pergunta.

Um olhar para mim, e ela pode sentir o perigo.

"Quem está na porta?" A voz de Jaxson vem da cozinha para o saguão.

"Entre", diz Ariella, conduzindo-nos para dentro da casa. Ela olha além de nós, obviamente procurando por qualquer perigo que deve estar nos seguindo. Ela tranca a porta atrás de nós e arma o alarme.

"Obrigado", eu digo.

"Jaxson, é a nova babá que eu estava dizendo que fiz amizade no parque, Paige."

Jaxson desliga a pia da cozinha e corre para nos cumprimentar.

"Paige", diz ele, olhando-me de cima a baixo.

"Prometo que não vou ficar muito tempo. Eu só preciso de um lugar para manter Nova segura."

"A delegacia costuma ser o local adequado. Se algo aconteceu com Moreno ou a família e sua vida está em perigo..."

"Não é nada disso", eu digo e levanto minha mão. "Talvez devêssemos ter essa discussão em particular." Não quero assustar Nova mais do que ela já está depois do que aconteceu hoje.

Jaxson dá um aceno firme. "Boa ideia. Ariella vai ficar de olho em Nova e pegar algo para ela comer enquanto conversamos um pouco."

Ele gesticula para eu segui-lo pela cozinha em direção a um quarto dos fundos.

Jaxson fecha a porta atrás de mim com um baque alto.

Eu pulo do som. Ainda estou no limite depois de tudo o que aconteceu hoje.

"Ariella já me disse que você está trabalhando para os Riccis."

Eu tinha presumido isso quando ele mencionou Moreno. "Sim, mas eles não são o problema. Você conhece um homem chamado Vance DeLuca?" Eu expiro um suspiro pesado.

Meu peito está pesado. Tudo dentro de mim dói.

Apenas estar fora da vista de Nova, me deixou em um frenesi, mas confio em Ariella com ela.

"Eu já ouvi falar dele", diz Jaxson. Ele cruza os braços sobre o peito. "O que está acontecendo, Paige?"

"Vance me agarrou na rua esta tarde quando eu estava indo para o meu carro. Ele me sequestrou, me ameaçou e me disse que se eu não o ajudasse, ele machucaria Nova. Então ele fez esse som como se estivesse insinuando para mim que ele iria explodir a casa dos Ricci, então eu agarrei Nova para protegê-la."

O rosto de Jaxson é firme.

Não sei dizer se ele acredita em mim ou pensa que estou louca.

"Eu não posso deixar nada acontecer com aquela garotinha," eu imploro para ele me ajudar. Ele tem que entender. Ele é um pai.

"E você disse a Moreno que levou a filha dele?" Jaxson pergunta. Seu tom é calmo, mas posso ver as engrenagens em sua cabeça.

"Bem não. Ele não estava em casa. E eu não podia deixar uma nota. Vance entrou no minuto em que consegui descer com Nova. Parece ruim, e eu entendo. Nikki provavelmente pensa que eu sequestrei Nova."

"Você a sequestrou." Jaxson aperta a ponte de seu nariz.

"Não, não foi assim." Ele tem que ver isso do meu ponto de vista, a vida de Nova estava em perigo, e eu estava fazendo tudo o que podia para protegê-la, tirando-a daquela casa e salvando-a de uma explosão que Vance pretendia detonar.

"Moreno vai procurar você."

Eu não esperaria nada menos dele. Ele ama sua filha e não vai parar até encontrá-la.

"Eu sei, e é por isso que preciso que você a mantenha segura. Se eu ficar, não sei o que ele vai fazer comigo."

As palavras chacoalham na minha cabeça, príncipe da máfia, e um arrepio percorre minha espinha.

Moreno nunca me machucou, mas se ele acha que eu o traí, minha vida corre mais perigo.

QUARENTA
MORENO

MEU CORAÇÃO bate forte contra minha caixa torácica. Parece que pode estourar no meu peito enquanto o suor cobre minha testa.

"Onde está Nova?" Preciso ver minha filha e saber que ela está segura.

Vance está cheio de mentiras. Paige nunca trabalharia para ele.

Dante grita ordens para que os capos e soldados limpem os corpos e protejam o complexo.

Nikki está descendo as escadas com Luca ao seu lado. Dante já os avisou que era seguro ressurgir e que eu teria perguntas para ela.

Eu corro pelo corredor.

"Onde está Nova?" Eu a prendi no quarto do pânico com Nikki e Luca antes de sair.

Como ela saiu?

"Sinto muito", a voz de Nikki treme. "Paige veio e eu abri a porta. Eu não deveria, mas pensei que vocês dois estavam de volta, e que tudo tinha acabado." A culpa pesa muito em suas feições.

É pouco em comparação com a devastação que sinto.

Eu não vou perder minha filha.

"Para onde ela a levou, Nikki?" Não estou nem um pouco calmo ou racional agora.

Eu preciso de respostas.

"Não sei. Vance entrou e a deixou sair. Ela está trabalhando com ele!"

Eu não posso acreditar nisso, mas depois do que Vance disse sobre Serene, minha cabeça está um turbilhão. Não sei mais em que acreditar ou em quem confiar.

Mas eu preciso da minha filha. A segurança dela é minha prioridade número um. "Como ela foi embora?" Eu pergunto.

Seu veículo ainda estava na cidade, abandonado quando ela foi sequestrada.

"Não sei. Ela pegou um conjunto de chaves do carro," Nikki diz.

Corro para fora para anotar quais veículos ainda estão faltando. "Ela pegou o SUV. Dante, preciso do seu telefone." Não me preocupo em explicar, apenas em interrompê-lo.

"Por que você não pode usar o seu?" ele pergunta, pegando seu celular e desbloqueando antes de entregá-lo para mim.

"Ficou frito na explosão", eu digo. Abro o aplicativo de rastreamento e abro o veículo específico que ela capturou.

O GPS está marcando no mapa, indicando que ela não saiu da cidade.

Pego as chaves e saio correndo pela porta.

Nikki corre atrás de mim. "Você precisa de apoio?"

Duvido que ela esteja se oferecendo para ajudar, sem ser a ajuda de informar aos soldados que quero uma escolta.

"Não, eu lido com isto." Não quero assustar Paige.

Se há alguma chance de ela estar trabalhando para Vance, eu preciso saber, e trazer um exército só poderia causar mais problemas.

Além disso, pela aparência de onde ela está indo, estaremos começando uma guerra se eu trouxer soldados. Precisamos ficar fora do radar.

"VOCÊ PLANEJA FUGIR?" Jaxson pergunta.

"Que outra escolha eu tenho? Trabalhei para o Vance! Moreno nunca vai me perdoar, e enquanto Vance estiver vivo, sempre serei um peão para ele, uma ferramenta que ele pode usar para machucar Moreno. Da próxima vez, ele pode não me deixar ir, e ouvi dizer que ele assassinou Serene e Laura. Eu não serei a próxima."

Embora eu não tenha certeza se ele assassinou especificamente Serene e Laura ou seus homens, ele ainda é totalmente responsável por suas mortes.

Jaxson pressiona os lábios. "Posso fazer uma sugestão?"

Cruzo os braços defensivamente sobre o peito. "O quê?"

"Fale com Moreno antes de sair."

Não quero admitir para Jaxson ou ninguém que tenho medo de como Moreno reagirá quando me encontrar.

"Isso não é uma boa ideia", eu digo enquanto me arrasto em direção à porta. Quanto mais cedo eu sair, mais longe posso chegar antes que ele apareça procurando por Nova.

Vir à casa de Ariella e Jaxson foi o primeiro lugar que pensei em ir, o que significa que Moreno terá a mesma ideia. Não é nenhum segredo que Ariella e eu nos tornámos amigas.

"Temos companhia!" Ariella chama da sala de estar.

Ainda não ouvi a porta. Talvez ela esteja olhando pela janela?

"Fique aqui", Jaxson instrui enquanto sai do quarto e fecha a porta atrás de si.

Corro para a janela do quarto e olho pelas persianas.

Meu estômago está embrulhado quando vejo Moreno saindo de seu SUV. Acho que vou ficar doente.

Risca isso. Eu sei que vou ficar doente.

Eu quero correr.

Talvez eu deva correr.

Moreno vai até a porta da frente, abro a janela e saio, indo direto para o SUV que peguei emprestado mais cedo.

Eu tiro as chaves do meu bolso e entro no veículo, apertando o botão de partida do motor. Eu coloco o SUV em movimento, e a porta da frente da casa de Ariella se abre.

Moreno fica lá, me observando enquanto eu piso no acelerador.

Tudo o que vejo em seu olhar é deceção.

E talvez raiva misturada.

Ele não está feliz em me ver. Por que eu esperaria que ele estivesse?

Meus pneus cantam, e Moreno tira a arma do quadril e aponta para o carro enquanto se aproxima.

Ele realmente não vai atirar em mim.

Ou vai?

Ele dispara vários tiros no chão, estourando os pneus antes que eu possa sair da garagem.

Eu bato meu punho no volante.

Moreno gesticula para que eu saia do veículo.

Ele vai atirar em mim?

"Você tem um conjunto de algemas em você?" ele grita para Jaxson.

Eu nem me preocupei em trancar a porta do carro quando corri para dentro.

Moreno abre a maçaneta do carro, sua arma apontada para mim. Não sei quantas balas ele ainda tem, mas não quero descobrir.

"Você vai me prender?" Eu pergunto.

É por isso que ele está insistindo em me algemar? Ele vai me levar para a cadeia? Ele vai chamar a polícia e me entregar por sequestrar Nova e roubar seu veículo?

"Não", diz Moreno.

Jaxson está ao lado dele em pouco tempo, entregando um conjunto de algemas de metal.

Moreno me puxa para fora do carro, forçando minhas mãos atrás das costas enquanto ele me pressiona contra o SUV.

Eu sinto o fecho de metal frio contra meus pulsos.

"O que você planeja fazer?" Não tenho certeza se quero saber o que vai acontecer, mas acho necessário perguntar de qualquer maneira.

"Você vai descobrir em breve." Ele abre a porta do passageiro de seu veículo e me empurra para dentro.

Moreno pega o cinto de segurança e se inclina sobre meu corpo, fechando a fivela antes de fechar a porta.

Ariella sai, carregando Nova. Ela me dá um olhar de desculpas, como se se sentisse culpada por me trair.

Ela não deveria.

Eu fiz isso comigo mesma.

Trair Moreno foi uma escolha que fiz para salvar Nova. Eu faria tudo de novo.

É hora de viver com as consequências.

QUARENTA E DOIS

MORENO

"NIKKI, você pode colocar Nova na cama?" Eu pergunto, indo para dentro do complexo.

Nova ficou em silêncio. Não que eu esperasse muito dela.

Paige parece ter aprendido uma lição com Nova.

"Certo. Vamos lá," Nikki diz e a leva até as escadas.

Espero que ela desapareça no corredor antes de voltar para o SUV e acompanhar Paige para fora do veículo algemada.

"As algemas são realmente necessárias?" É a primeira coisa que ela me diz desde que entrei no veículo com ela.

Sem desculpas.

Nenhuma explicação.

Apenas silêncio.

"Até que eu tenha respostas e possa confiar em você novamente, sim." Eu a puxo para dentro da casa, minha mão segurando seu braço enquanto a conduzo para as celas.

"Onde estamos indo?" sua voz falha.

Desta vez, respondo com silêncio. Eu aperto o interruptor de luz e as luzes piscam enquanto descemos a escada para o porão.

Várias celas de prisão estão alinhadas no porão com barras de ferro e sem janelas. As paredes são de cimento, e o quarto é bem frio, mesmo no verão.

Abro a porta da cela e a empurro para dentro. "Vire-se," eu instruo e destranco as algemas, deixando suas mãos livres.

Eu guardo as algemas e fecho a porta da prisão, trancando-a dentro antes de virar para a escada.

"Moreno," ela diz, sua voz soando quebrada. Como eu sei que não é apenas mais um jogo para ela? "Por favor, deixe-me explicar."

Subo as escadas. Eu preciso colocar Nova na cama e ver como minha filhinha está depois do dia que ela suportou.

Quando Nova estiver dormindo, farei outra visita a Paige, mas, por enquanto, prefiro fazê-la esperar e me perguntar quando voltarei para buscá-la.

A cela da prisão está ausente de uma cama. Há um balde para mijar. Não há cobertores quentes, nem mesmo uma cadeira. Embora de vez em quando tragamos uma e deixemos o prisioneiro sentado enquanto o amarramos e torturamos.

Subo as escadas, deixando as luzes da prisão acesas.

Fecho a porta do porão e desço o corredor e subo as escadas para ver Nova.

Nikki está saindo do quarto de Nova. "Ela se trocou para dormir e se aconchegou. Ela não parece cansada, mas rolou e fingiu estar dormindo quando me ofereci para ler uma história para ela dormir."

"Obrigado, Nikki." Agradeço a ajuda.

Nikki está de pé, olhando para mim.

"Por que você trouxe Paige de volta aqui, sob nosso teto? Ela sequestrou sua filha." Nikki espera que eu responda.

Se ela sequestrou Nova, ela fez um trabalho terrível ao trazê-la para a casa de Ariella e Jaxson. E Paige não teria ido de bom grado com Vance no início da tarde. Não posso deixar a suspeita incômoda de que ela foi enganada como eu, com a explosão na instalação onde nos infiltrámos.

"Eu não tenho que me explicar para você", eu digo.

Nikki zomba. "Bem, você terá que se explicar para Dante." Ela corre pelo corredor, seus saltos batendo com força contra as tábuas do assoalho.

Ela está tentando acordar Nova? Ela certamente está causando uma cena.

Vários guardas olham em nossa direção enquanto Nikki desce as escadas.

Exalando um suspiro, vou para o quarto de Nova para colocar minha filhinha na cama. Exceto por sua luz noturna de unicórnio ao lado da cama, as luzes estão apagadas.

Ela rola e espia através das pálpebras pesadas, sentando-se na cama no minuto em que me vê. "Onde está Paige?" Nova pergunta.

"Ela não pode aconchegar você hoje à noite."

O beicinho em seu lábio inferior faz meu estômago revirar. A menina está apaixonada por sua babá.

Sim, bem, eu também.

Agora estou eternamente em conflito.

"Você quer me contar o que aconteceu hoje?" Eu pergunto. Confio na narrativa de eventos de Nova, sejam eles quais forem.

Nova se joga de volta no colchão e puxa as cobertas em torno de si. Ela fecha os olhos.

Isso é um não.

Sento na beirada da cama de Nova, esperando que ela fale comigo e se abra. "Paige te disse para onde ela estava te levando?"

Mais uma vez, me deparo com o silêncio.

"Nova, preciso saber o que aconteceu, ou vou ter que mandar Paige embora."

"Não!" ela grita e se senta na cama, com os olhos arregalados e a testa suada. É como se ela tivesse um pesadelo, mas é muito real.

Não tenho certeza do que espero de uma criança de quatro anos. Talvez eu esteja dando muito crédito a

Nova para explicar o que aconteceu e defender Paige ou incriminá-la.

———————

Desço as escadas para a prisão.

Nova está enfiada na cama e não consigo ficar parado tempo suficiente para pegar algo para comer, muito menos um copo d'água. Nesse ritmo, eu o jogaria contra a parede por frustração.

Paige me deve uma explicação.

Exijo respostas.

"Há quanto tempo você trabalha para Vance DeLuca?" Não há gentilezas na minha abordagem.

Ela está sentada no chão. Está frio e empoeirado. Paige nem tenta ficar de pé quando desço os degraus para o porão.

"Ele dirige a agência de babás que você contratou. Eu não tinha ideia de quem ele era, a conexão com sua família, nada disso até à noite no clube quando ele apareceu. Não sou leal a ele", diz ela.

Paige olha para mim. Ela não fica de pé nem se move de sua posição no chão.

Eu observo sua expressão e tento ler seus olhos, se ela vacila ou não. Eu estudo seus lábios e se sua voz treme quando ela fala.

Interroguei dezenas de homens nessas mesmas celas e torturei a maioria deles.

Não reconheço nenhum sinal dela mentindo para mim, mas isso não significa que ela não me enganou. Serene certamente o fez se o que Vance disse fosse verdade.

"E quando ele apareceu no clube, e depois que eu te contei sobre Serene, você não me disse nada!"

"Sinto muito", ela sussurra, olhando diretamente para mim. "Eu estava com medo."

A raiva cresce dentro de mim. "Então, você pensou em pegar minha filha e levá-la, o quê, para um passeio de alegria até a casa de Jaxson?"

Paige solta um suspiro pesado. "Não foi isso que aconteceu."

"Então me conte o seu lado da história, Paige. Estou morrendo de vontade de ouvir o que fez você sequestrar minha filha," eu estalo.

Ela faz uma careta, e seus olhos se enrugam com minhas palavras.

"Vance e seus homens me forçaram a entrar em seu veículo esta tarde."

Isso se encaixa na história que eu conheço e por que ela não voltou para casa, mas não posso deixar de duvidar de suas palavras. "Forçaram, ou você foi voluntariamente? Você trabalha para ele."

"Eles me seguraram sob a mira de uma arma", diz ela.

"E?" Eu preciso mais dela.

Ela está hesitando. Seus olhos se contorcem e ela se mexe desconfortavelmente no chão, desdobrando as pernas e depois puxando-as para o peito.

"E nada. Você quer me trancar aqui. Eu mereço. Fui enganada", diz Paige. Ela apoia o queixo nos joelhos. "Fui estúpida o suficiente para entrar pela porta da frente da agência e pedir um emprego. Eu acreditava que as ameaças de Vance eram reais. Provavelmente não havia um traidor em sua casa ou uma bomba armada para explodir. Ele jogou comigo".

"Foi estúpido ouvi-lo", eu digo, mas a raiva que guardo lentamente começa a se dissipar. "Havia uma bomba, mas não estava aqui."

"O quê?" Seus olhos se arregalam em choque claro. Ela não tinha ideia do que eu tinha passado. Um olhar sobre suas roupas sujas e rasgadas, as marcas vermelhas e arranhões secos de sangue, e eu também não sei o que ela passou.

"DeLuca tentou matar meus homens e eu", eu digo. "Dante teve sorte de não ter sido feito em pedaços também." Eu corro a mão pelo meu cabelo.

Ainda posso sentir a onda da explosão e o calor que me jogou no chão.

Meus homens nunca me trairiam. Eles sabem o custo, suas vidas.

"Você ainda está trabalhando para Vance DeLuca?" pergunto novamente.

Preciso saber sem dúvida que Paige é leal à família Ricci e a mim.

Seus olhos estão arregalados e brilhantes enquanto ela olha para mim. "Minha única conexão com ele era a agência de babás, e você me fornece meu salário. Não tenho mais nenhum vínculo com ele."

Ela está certa. Paguei à Agência de Babás, Cia. generosamente por contratar Paige. Eu não tinha ideia de quem eu estava financiando.

Eu acredito nela, mas ainda não tira a raiva e a dor, a traição que queima dentro de mim.

"Ele te chama? Manda uma mensagem para você?" Eu pergunto.

"Não. Ele me sequestrou na rua e fez seus homens me perseguirem pela floresta. Juro que não tenho contato com ele desde que entrei em seu escritório e solicitei um emprego."

É tudo um jogo para Vance.

Manipulação.

Medo.

Poder.

Ele quer o controle do império de Dante e da família Ricci. Mas ele nunca vai conseguir. Ele tentou nos separar, destruir nossa família por dentro, começando com Paige.

Bem, ele falhou.

Eu destranco a porta de metal do porão da prisão e ajudo Paige a se levantar.

"Para onde você está me levando?" ela pergunta. Sua voz treme, e enquanto eu a ajudo a subir as escadas, ela está tremendo.

Ela tem medo de mim?

"No andar de cima para tomar banho e depois para a cama", eu digo. Ainda precisamos conversar. Há muito a ser dito, mas não aqui, não no porão da prisão com ela enjaulada como um animal.

Quero me desculpar, mas não posso.

Ela levou Nova.

Paige trabalhava para Vance e, embora ela possa ter boas intenções, ainda estou me recuperando de suas ações.

ENQUANTO TOMO UM BANHO QUENTE, Moreno está sentado na minha cama, esperando que eu ressurja.

Temos muito o que conversar, mas tudo o que sinto é a culpa pesando sobre mim. Minha intuição gritou comigo que algo estava errado na Agência de Babás, Cia.

Eu certamente nunca imaginei que o motivo fosse Vance e o fato de ele trabalhar para uma família mafiosa oposta.

Depois de me secar no chuveiro e vestir uma camiseta e shorts de algodão, corro uma toalha pelo cabelo no caminho de volta para o quarto.

Os sapatos de Moreno estão descalços, a gravata afrouxada.

Ele está espalhado na minha cama e parece pecaminosamente quente.

"Sente-se", ele sussurra, sua voz rouca e grossa. Ele está tentando manter a voz baixa para não acordar Nova no quarto ao lado.

Ela deveria estar dormindo profundamente agora.

Ele dá um tapinha na cama e eu sento ao lado dele, deixando bastante espaço entre nós.

Moreno não parece satisfeito com isso e me agarra pelos quadris, me puxando para mais perto.

Não espero sua ousadia, e seu toque me faz rir enquanto caio na cama.

Ele levanta uma sobrancelha, olhando para mim, seu braço me prendendo bem ao lado dele.

Eu inalo seu cheiro. É almiscarado e misturado com fumaça. Ele precisa de um banho tanto quanto eu, mas não vou apontar isso para ele.

Há algo quente em seu poder, proximidade, a maneira como ele olha para mim. Eu pressiono meus lábios juntos.

"Você estava dizendo?"

"Nunca mais minta para mim", diz Moreno. Ele se mexe no colchão e agarra meus pulsos, prendendo-os na cama. "Você entende?"

Eu concordo.

"Eu preciso ouvir isso, Paige."

"Eu entendo", eu digo e me inclino, querendo um gosto de seus lábios. Ele deveria ser proibido, mas eu não me importo. Tudo dentro de mim grita que ele está aqui comigo e não me expulsou ou me matou por minha traição.

"Você entende?" Moreno pergunta. "Essas não são palavras leves para se jogar. Preciso de sua lealdade, sua honra, seu compromisso com a família e comigo."

Eu sorrio para ele. "É este o discurso que você dá a todos os seus recrutas?" Eu provoco.

Ele bufa e se inclina, capturando meus lábios com força com um beijo ardente.

Minhas entranhas chiam e estão quentes enquanto eu envolvo minhas pernas ao redor dele.

Eu quero ele.

Eu o queria por mais tempo do que gostaria de admitir.

Eu tenho lutado contra o desejo crescente dentro de mim por medo, mas o pensamento de não estar com ele dói mais do que qualquer coisa que eu possa imaginar.

É muito cedo para me apaixonar por ele?

"Você se compromete com a família Ricci e comigo?" Moreno pergunta. Sua testa descansa contra a minha.

"Eu sou leal a você", eu digo. "Eu sempre fui", confesso.

Os olhos de Moreno brilham com calor. "Boa." Sua respiração cai no meu pescoço, sugando a carne sensível. "Diga-me que você me quer." Seus beijos são quentes e fazem meu interior formigar de prazer.

Eu o quero.

Eu quero mais do que apenas seus beijos.

"Por favor", eu sussurro, minha voz embargada.

É difícil falar enquanto meus pensamentos ficam confusos. Ele não está mais pressionando meus pulsos na cama. Sua palma acaricia meu seio através da minha camisa enquanto ele traz seus lábios de volta aos meus para outro beijo ardente.

Ele está me provocando com essa dança lenta.

Eu levanto meus quadris, girando, precisando de mais do que apenas um simples beijo. "Eu quero que você me foda", eu digo, olhando para ele.

Um sorriso irônico aparece nos cantos de seus lábios.

"Linguagem safada, Paige. Espero que você não fale assim perto da minha filha."

Os olhos de Moreno se enrugam de alegria. Ele inclina minha camisa para cima e deixa seus lábios demorarem, então acaricia minha pele nua antes de remover minha camisa.

Seus olhos brilham enquanto ele admira meus seios, esbanjando atenção em cada um.

Mas eu quero mais.

"Você tem roupas demais." Eu puxo sua camisa, arrancando os botões na minha tentativa de abrir sua camisa.

Ele olha para mim. "Isso está saindo do seu salário."

Acho que ele está brincando. Eu não tenho certeza. "Então eu exijo um aumento."

Moreno ri e se afasta o suficiente para tirar as calças antes que eu as rasgue em seguida. "Para baixo, tigre", diz ele.

Ele faz isso comigo, me deixa selvagem com necessidade desenfreada.

Nunca na minha vida experimentei sexo assim, primitivo, instintivo e ardente, intenso como o calor de mil sóis.

Sua mão é áspera e quente, e ele desliza seus dedos dentro do meu short. Ele esfrega contra minha calcinha com dois dedos, acariciando meu sexo, me provocando.

"Você já está molhada para mim", Moreno sussurra em meu ouvido.

Ele dá um tapa no meu sexo, e eu não mantenho mais meus gemidos silenciosos e abafados.

Moreno enfia a boca na minha para me calar. Sua língua passa pelos meus lábios, e ele empurra meu short e calcinha para baixo de uma só vez.

Ele desliza para baixo do meu torso, sua língua acariciando minha pequena conta, dois dedos empurrando dentro e fora do meu sexo.

Meus dedos se fecham em punhos, emaranhados nos lençóis enquanto o calor e a umidade se acumulam dentro de mim.

A sala está vários graus mais quente, e eu sinto o crescendo de um orgasmo iminente.

Meus dedos dos pés se curvam e minhas costas se arqueiam para fora do colchão.

Ele não para. Sua língua continua trabalhando sua mágica, movendo-se na mesma velocidade constante, me deixando selvagem.

Moreno sabe exatamente o que fazer, e estou mexendo no limite antes de cair no esquecimento.

Enquanto eu suspiro por ar, meu coração bate contra meu peito.

Meu sexo pulsa por mais dele.

Um orgasmo não foi suficiente. Eu anseio por outro. Eu quero ele.

"Eu já volto", ele sussurra, saindo da cama.

Eu choramingo em protesto e me sento, observando sua bunda nua correr para o banheiro. Ele abre o armário de baixo e vasculha um monte de coisas que consegui manter limpas e escondidas.

"É melhor você não ter usado meus preservativos sem mim", diz Moreno.

"Com quem?" Eu ri do seu absurdo. Não é como se eu estivesse levando homens para o meu quarto.

Não toco em um homem há meses, muito antes de vir para Breckenridge.

"Não quem. O quê. Você tem um vibrador." Ele pega a base e me mostra debaixo da pia que descobriu meu brinquedo. Como se eu não soubesse que o escondi em baixo da pia no armário.

Não achei que ele fosse procurar nos meus pertences.

"Me mate agora", murmuro baixinho.

Não é como se eu pudesse mentir e dizer que não me pertence.

"Essa coisa está sendo jogada fora. Eu não vou ter um brinquedo que satisfaça minha mulher."

Sua mulher? Eu mordo meu lábio inferior para não sorrir.

"Então é melhor você voltar aqui e terminar o que começou," digo. "Ou eu posso ter que terminar sozinha."

"Oh nem pensar." Há mais alguns segundos dele remexendo em baixo da pia do armário. "Encontrei!" Ele pega uma camisinha e a traz de volta para o quarto, abrindo o pacote e jogando a embalagem na mesa de cabeceira.

Finalmente.

Ele desembrulha a camisinha e, em questão de segundos, está saltando sobre mim, me montando na cama, seus lábios descendo sobre os meus.

Eu me abaixo entre nós, precisando senti-lo dentro de mim. Meu corpo está zumbindo de excitação.

Um gemido escapa dos meus lábios quando ele me penetra. Enquanto ele enterra mais fundo, eu envolvo minhas pernas em volta dele e jogo minha cabeça para trás.

Cada impulso é lento e prolongado, enquanto estamos construindo um ritmo juntos.

Eu corro meus dedos sobre seu peito e, em seguida, ao longo de suas costas, até sua bunda, puxando-o mais apertado.

Ele está tomando seu tempo, saboreando cada momento.

Seus lábios cobrem os meus, e eu aperto, sentindo a superfície do orgasmo iminente.

Moreno rosna enquanto belisca meus lábios, e sua boca se move para o meu pescoço, sugando a pele.

Cada impulso é mais profundo, mais forte, mais rápido enquanto eu o puxo mais apertado contra mim.

Meu coração bate no meu peito, e meus olhos se fecham, arqueando as costas enquanto ele me leva ao limite.

Ele grunhe no meu ouvido, soltando-se, desmoronando contra o meu corpo.

Não quero me desvencilhar dele, mas ele se desembaraça e se retira para o banheiro para se livrar da camisinha.

Subindo sob as cobertas, eu alcanço a luz, desligando-a ao lado da cama.

Moreno desliga a luz do banheiro e desliza para baixo das cobertas comigo, me puxando contra ele. "Durma, Paige," ele diz, me beijando suavemente.

Quero lembrá-lo de que sua filha provavelmente nos verá juntos pela manhã, nus. Que nós dois deveríamos colocar alguma coisa, já que a porta adjacente não tranca, mas estou muito cansada e espero que estejamos acordados antes que Nova entre no meu quarto.

EPILOGUE

Moreno

DEZASSEIS MESES DEPOIS...

O bastardo, Vance, mereceu, e ele deveria ter exatamente tudo o que merece.

O sistema de justiça deveria trancar a bunda dele e jogar a chave fora.

Ele pensou que poderia me manipular? Manipular Paige?

De jeito nenhum.

Vance está prestes a ter um despertar rude.

Ele é preso por várias acusações, incluindo sequestro, agressão, tráfico de pessoas, lavagem de dinheiro, assassinato, a lista continua.

As meninas que resgatámos na tentativa de libertar Paige concordaram em testemunhar contra Vance.

E depois de saber sobre sua prisão, Paige e eu conversámos com o Departamento de Polícia local de Breckenridge sobre a Agência de Babás, Cia.

Ambos temos suspeitas de que o negócio é um disfarce.

Bem, eu suspeito que é assim que ele está recrutando ativamente mulheres jovens para sua operação de tráfico humano.

Paige acha que todo o lugar é uma fachada para lavagem de dinheiro.

Ela também não está errada.

Embora eu não tenha nenhuma prova direta, falámos com o xerife local, e eles conseguiram trazer uma jovem agente do FBI de fora da cidade para se disfarçar.

Ao mesmo tempo, o FBI também investigou os assassinatos de Serene e Laura e conseguiu associar Vance à arma do crime.

Ao todo, há evidências suficientes reunidas para derrubar Vance, a Agência de Babás, Cia., junto com seu segundo em comando, Rafael, e um de seus capos, Marco.

Pelo menos Paige e eu temos um pequeno descanso.

E felizmente, enquanto Paige tinha reservas sobre um homem de dentro, não vimos evidências de que alguém se infiltrou em nossa organização ou na família.

Vance é um mentiroso.

Sempre foi.

Sempre será.

É um alívio saber que meus homens são confiáveis.

Nova cresceu muito, entrou no jardim de infância e está ainda mais tagarela do que antes da morte da mãe.

Ela fez meia dúzia de novos amigos e, embora eu esteja cautelosamente deixando-os vir brincar, aprecio que ela seja uma pequena borboleta social na escola.

Tenho certeza de que terei minhas mãos ocupadas à medida que ela envelhecer, especialmente com os meninos. Eu não estou ansioso para o namoro dela.

Paige continua me lembrando que ainda faltam anos, mas não posso deixar de me preocupar com o tipo de jovens problemáticos que ela atrairá.

Eu me olho no espelho e sei que quero o melhor para minha filha.

Ela não vai namorar ninguém da máfia.

Nunca.

Meu relacionamento com Paige floresceu nos últimos dezasseis meses.

Confio nela completamente com minha filha e meu coração.

Atrevo-me a dizer que a amo.

E eu quero casar com ela.

Fazer dela minha.

Para todo sempre.

Pretendo reivindicá-la, adorá-la e torná-la parte da família Ricci.

Paige se mudou de seu quarto contíguo com Nova para o meu quarto, que foi minha sugestão no primeiro mês de namoro, para que não tivéssemos que nos apressar para colocar as roupas e nos preocupar com uma pequena intrusa descobrindo nosso pequeno segredo.

Que não é muito secreto.

Nova sabe.

Ela se esgueirou na primeira noite em que dormimos juntos e subiu na cama para nos acordar pulando no colchão. Felizmente, estávamos enterrados sob os lençóis.

Dante sabe.

Ele nos ouviu através das paredes na primeira noite em que nos mudámos para o meu quarto juntos.

Não fomos propriamente silenciosos.

Nikki sabe.

Não tenho certeza de como ou quando ela descobriu, mas eu sabia que nosso segredo havia sido revelado assim que Dante mencionou para mim.

Todos os guardas sabem que Paige é minha, e se olharem para ela de maneira errada, terão que responder a mim.

Muito protetor?

Sim, mas vem com o território de ser o segundo no comando. Devo estar pronto se algo acontecer com Dante, e se acontecer e ele morrer, eu juro que vou trazê-lo de volta apenas para matá-lo.

Isso é o quanto eu não quero ser don.

Felizmente, nosso negócio está funcionando muito bem com Vance fora de cena.

Ainda temos que ser cautelosos com o FBI em nosso quintal investigando os DeLucas.

Vance está atualmente aguardando julgamento. Suspeito que ele estará morto muito antes de o veredicto ser lido. Covardes como ele, que atacam mulheres e crianças inocentes, não sobrevivem muito tempo na prisão.

Homens como eu acabam com a vida deles.

Para sua sorte, estou do lado de fora. No entanto, isso não significa que eu não conheça alguns homens presos atrás das grades, dispostos a me fazer um favor.

Eles me devem um favor.

E pretendo pedir esse favor.

———

Obrigado por ler o Voto Cativo. Continue a aventura com Voto Selvagem.

Tenho ordens para executá-la...

Eu nunca esperava vê-la novamente.

Nós compartilhámos uma noite selvagem há vários anos.

Ela não tinha ideia de que eu trabalho para a máfia.

Sou um assassino selvagem e implacável, mas ela é inocente.

Ela salva vidas.

Eu tiro vidas.

Ela é enfermeira de oncologia pediátrica.

Ela poderia ser ainda mais santa?

Ela entrou no quarto de hotel errado.

. . .

Não pode haver testemunhas.

Meu chefe a quer morta.

A vida dela está em minhas mãos.

Eu pretendo fazer dela minha esposa para protegê-la.

Ela vai me odiar, mas pelo menos eu posso mantê-la segura.

Este romance secreto de bebês da máfia apresenta um casamento arranjado e é o terceiro livro da série Casamentos Mafiosos. Este livro pode ser lido como um autônomo e termina com um final feliz.

Voto Selvagem agora a um clique!

Pronto para sua próxima leitura com um clique? Leia todos os livros da Série Eagle Tactical começando com Expôr: Jaxson.

E inscreva-se na minha newsletter para saber mais sobre novos livros e brindes: www. authorwillowfox.com/subscribe

Agradeço sua ajuda em espalhar a palavra, incluindo contar a um amigo. As resenhas ajudam os leitores a encontrar livros! Por favor, deixe um comentário em seu site de livros favorito.

GIVEAWAYS, LIVROS GRATUITOS, E MAIS BRINDES

Espero que tenham gostado do Voto Cativo e amado a história de Moreno e Paige.

Inscreva-se no meu boletim informativo Willow Fox

Se você gostou do Voto Cativo, reserve um momento para deixar um comentário. As resenhas ajudam outros leitores a descobrir meus livros.

Não sabe o que escrever? Tudo bem. Não precisa ser longo. Você pode compartilhar como descobriu meu livro; foi uma recomendação de um amigo ou um clube do livro? Deixe os leitores saberem quem é seu personagem favorito ou o que você gostaria de ver acontecer a seguir.

Obrigado por ler! Espero que você considere se juntar à minha lista de e-mails para livros gratuitos, promoções, brindes e notícias de novos lançamentos.

SOBRE A AUTORA

Willow Fox adora escrever desde que estava no ensino médio (muitos anos atrás). Seus romances de pequena vila refletem a vida em uma pequena cidade na América rural.

Esteja ela escrevendo um romance ou sentada do lado de fora da fogueira lendo um bom livro, Willow adora a magia da palavra escrita.

Ela sonha em ser arrebatada e espera fazer isso com seus leitores!

Visite o site dela em:

https://authorwillowfox.com

TAMBÉM DE WILLOW FOX

Série Águia Tática

Expôr: Jaxson

Furtivo: Mason

Ocultar: Lincoln

Cobrir: Jayden

Casamentos Mafiosos

Voto Secreto

Voto Cativo

Voto Selvagem

Voto Relutante

Voto Implacável

Irmãos Bratva

Chefe Brutal

Chefe Malvado

Chefe Possessivo

Chefe Obsessivo